왕국
1

안드로메다 하이츠

OKOKU sono 1,
Andromeda Heights
by Banana YOSHIMOTO

Copyright © 2002 by Banana Yoshimoto
All rights reserved.
Japanese original edition published by Shincho-Sha
Publishing Co., Ltd., Japan.

Korean Translation Copyright © 2008, 2011 by Minumsa

Korean translation rights arranged with Banana Yoshimoto
through ZIPANGO, S.L..

이 책의 한국어 판 저작권은 ZIPANGO, S.L.을 통해
Banana Yoshimoto와 독점 계약한 **(주)민음사**에 있습니다.

저작권법에 의해 한국 내에서 보호를 받는 저작물이므로
무단 전재와 무단 복제를 금합니다.

왕국
1

안드로메다 하이츠

요시모토 바나나

김난주 옮김

민음사

차례

왕국 1

안드로메다 하이츠 • 7

안드로메다 하이츠(Andromeda Heights)

가사, 노래 · 패디 매캘룬(Paddy McAloon)

우리는 산허리에 우리 집을 짓고 있네.
그곳은 구름 위, 하늘 옆
이 고된 일이 끝나면 별이 우리의 이웃이라네.
우리는 별과 함께 우주에 살게 된다네.

콘크리트와 석회와 목재는 쓰지 않는다네.
그런 것들은 새 이웃의 품위를 더럽힐 뿐
모르타르는 흐르는 세월에도 손질하지 않으면 떨어져 나가니
우리는 사랑과 존경이란 토대 위에 집을 짓는다네.
그렇게 우리 집이 완성되면 안드로메다 하이츠라 이름 지으리.
우리 집이 완성되면 안드로메다 하이츠라 이름 지으리.
우리 집이 완성되면 안드로메다 하이츠라 이름 지으리.

우리는 산허리에 우리 집을 짓고 있네.
그곳은 구름 위, 하늘 옆
우리의 야심 찬 계획은 수많은 소망의 청사진

그것이 현실이 되고, 그리고 현실이 되면

골짜기 사람들이 우리 집을 올려다보며 말하리.
"드디어 해냈군, 놀러 가도 되겠나?"
말 많던 사람들도 혀를 내두르며 이렇게 말하리.
"실은 그저 하나의 주소에 지나지 않을 거라 생각했어.
그런데 정말 안드로메다 하이츠로군.
이거야말로 정말 안드로메다 하이츠야.
이거야말로 정말 안드로메다 하이츠야."

우리는 산허리에 우리 집을 짓고 있네.
그곳은 구름 위, 하늘 옆
이 고된 일이 끝나면 별이 우리의 이웃이라네.
우리는 별과 함께 우주에 살게 된다네.

전화로 비행기 티켓을 예약하고 쇼핑 목록을 확인하고 있자니 그만 눈물이 흐르고 말았다. 가에데는 이제 곧 피렌체로 여행을 떠나 적어도 반년은 돌아오지 않는다. 어쩌면 일 년이 될 수도 있고, 더 오래 걸릴 수도 있다.

너무도 애틋하고 힘들어서 어쩔 줄을 몰랐다. 괴로운 시간은 지금뿐이라는 것을 아는 내 감정은 마치 살아 있는 무엇처럼 점점 더 난동을 피워 댔다.

이제 이 책상에 앉아 이 잔에 차를 따라 마시며 가에데의 목소리에 집중하는 일도, 사고가 하나로 녹아드는 일도 없으리라는 생각만 해도 눈물이 나왔다. 만족스럽게 일한 후에는 늘 기분이 이렇다. 그러니까 좋은 일이라고 나는 스스로를 달랬다.

가에데가 하는 말을 녹음하면서 받아 쓸 때 나는 거기에 온 힘을 쏟았고, 그랬기에 그와 함께 미지의 세계를 여행할 수 있었다.

그의 머릿속 어디라 확정할 수 없는 공간. 그곳은 따뜻하지도 춥지도 않고, 행복하지도 불행하지도 않고, 다만 어떤 흐름만이 존재하는 세계였다. 그곳에 들어서는 순간 의식은 이 세계를 떠나고, 모든 것이 중화되면서 평온해지는 기분이 들었다. 가에데의 머릿속은 늘 고요하고 차분하고 정리정돈이 잘되어 있고, 그리고 충실했다.

어쩌면 그런 개성이야말로 사람을 그 사람의 한계에 묶어 두는지도 모르겠다. 하지만 나는 그의 사고의 버릇 같은 것을 아주 기분 좋게 여겼다.

그리고 그의 가장 훌륭한 점은 자신의 믿음을 설교한 적이 한 번도 없다는 것이다.

가끔 냉정함을 잃고 정열을 쏟아 내는 일이 있다면 그것은 늘 인간이나 살아 있는 동식물, 이 세상 모든 것에 대한 단호한 애정을 얘기할 때뿐이었다. 그의 기억 속에 있는 안타깝고 아름다운 일들. 나는 그의 말을 듣고 쓰면서, 또는 내 방에서 녹음한 테이프를 돌려 다시 들으면서 몇 번이나 거듭거듭 그 사실을 확인했다.

마치 마지막 단계에서 떨어지는 무언가를 인내하고 받아들이듯, 그는 늘 자신이 아닌 것을 위해 존재했다.

하지만 그 받아들이는 힘은 접시가 아니라, 아무리 촘촘하게 짜여 있어도 결국은 바구니였다. 그렇다는 것을 알기에 그는 이 조그만 동네의 한 모퉁이에서 일을 계속하는 것이라고 나는 생각했다. 그 바구니가 바구니라는 사실은 영원히 변하지 않는다. 살아 있는 동안 접시로 진화하는 일도 없다. 하지만 언젠가 그렇게 될 수도 있다는 희망의 끈을 절대 놓지 않고 날마다 조금씩이라도 틈새를 좁혀 나가는 것이다.

늘 앉아 일하던 의자에 앉기만 해도 나의 감정은 금방 추억 속으로 빠져 든다.

현관에 서 있는 손님을, 해묵은 가구로 에워싸인 이 방, 저 멀리 거리가 내려다보이는 창문으로 오후의 밝은 햇살이 쏟아지고 마음이 가라앉으면서 편안해지는 이곳으로 안내해서 홍차를 대접하는 일도 당분간은 없으리라. 이 집에는 내가 있을 확고한 장소가 있었다. 정신없이 일하면서 알게 모르게 체득한 합리적인 움직임이 있었다.

테이프를 들으면서 다시 읽어 보고, 또 정리하고 다시

인터뷰하고, 그런 반복 끝에 원고를 완성하고, 지금은 출판사 사람이 가지러 오기만을 기다리고 있다. 차를 끓이고, 누군가에게서 받은 과자를 대접하고, 원고를 건네고, 현관에서 배웅한다. 아마도 그렇게 되리라. 그렇게 한 가지 일이 매듭지어진다. 완전히 끝나는 것이다.

가에데는 앞이 잘 보이지 않는 데다 실내로 쏟아지는 오후의 햇살이 눈에 좋지 않다고 선글라스를 끼기 때문에 잘 모르겠지 하고는, 눈물도 콧물도 흐르는 대로 내버려 두었다. 소리가 나야 알 수 있을 것이라고 생각했다. 그런데 그의 예민한 감각은 내 슬픔의 물결이 온 방에 넘실거리는 것을 벌써부터 알고 있었다.

"어이, 시즈쿠이시, 우는 거야?"

가에데가 대뜸 그렇게 말했다. 어느 때는 소심은 마음을 써서 모르는 척해 주더니, 하고 나는 생각했다.

그는 늘 창가에 앉아서 마치 또렷하게 보인다는 듯 얼굴을 이쪽으로 돌린다. 선글라스 너머에는 섬뜩하리만큼 날카롭게 빛나는 엷은 색 눈동자가 있다.

"아뇨."

나는 코맹맹이 소리로 딱 잘라 대답했다. 그렇게 대답하면 누구든 아무것도 되묻지 못할 것이라고 생각했다.

"혹시 날 좋아하는 거야?"

뜻밖에도 그가 부드러운 목소리로 물었다.

나는 그의 착각이 어이없어서 풋 하고 웃었다.

"그런 소리 마요. 가에데 같은 사람이 그런 말 하면, 정말 그런가 하고 생각하게 되잖아. 그리고 난 좋아하는 사람이 있다고요. 그냥 이곳을 떠나는 게 슬플 뿐이에요. 이 일이 끝나는 게 아쉬울 뿐이라고요."

"나, 여자 몸에는 도무지 흥미가 없어."

그는 내 대답 따위는 하나도 못 들었다는 식이었다.

"알아요! 그러니까 누가 당신을 좋아한다고 했냐고요. 난 그저 시간이 흘러가는 게 슬플 뿐이라니까."

"고마워. 덕분에 책이 완성되었어."

그는 잘 보이지 않는 눈으로 나를 똑바로 쳐다보며 따스한 목소리로 말했다.

마음이 담긴 그 말투는 시간의 흐름을 아쉬워하는 내 가슴에 안녕이라는 말과 똑같이 메아리쳤다. 깊고 부드럽게 울리는 목소리였다. 이 목소리를 보물 같은 추억으로 삼으리라. 그리고 어디에 가든 힘이 필요할 때 떠올리리라. 나는 그렇게 생각했다.

* * *

이것은 나와 가에데를 둘러싼, 길고 이렇다 할 재미도 없는 이야기의 시작이다. 동화보다 유치하고, 우화라 하기에는 교훈이 없다. 어리석은 인간의 삶과, 약간 묘한 각도에서 바라본 이 세계.

결국은 좀 삐딱한 옛이야기다.

그래도 그런 이야기 속에 아주 사소하지만 좋은 것이 있다.

그리고 정말 그렇게밖에 할 수 없는 사람들에게는 세계가 신기하게도 가슴을 열어 준다.

대개 하루하루는 그냥 별다른 일 없이 지나가지만 그 안에 갖가지 연결 고리가 있고, 아침 햇살에 빛나는 거미줄처럼 마지막에는 아름다운 형태를 보여 주는 일도 있기 때문이다.

그 안에는 말라비틀어진 벌레도 있고, 언뜻 보기에 흉물스러운 것도 많다. 하지만 좀 더 큰 눈으로 보면, 모두가 둘도 없는 훌륭한 것이다.

나와 가에데는 비유하자면 홈스와 왓슨? 미타라이 기요시와 이시오카?* 가케루와 나디아?** 얼마 전 동네 술집 텔레비전에서 보았던 교수와 여자 마술사? 그렇다, 이 세상에는 영원한 표준에서 파생된 비슷비슷한 설정이 얼마든지 많은데, 그 어느 것도 딱 맞지 않는다.

가장 비슷한 것은 「X 파일」의 멀더와 스컬리다.

나는 오래도록 세상을 등지고 살았기 때문에 세상사는 거의 모르지만, 그 시리즈는 안다. 가끔 가에데를 찾아오는 외국인과 영어로 얘기하는 데 도움이 될까 싶어 대여점에서 빌려다 열심히 봤기 때문이다. 원반이니 유령이니 잔류 의식이니 분신이니 하는 특수 용어가 가에데와 일하는 데 큰 도움이 되었다.

나는 정말 세상 물정을 모르고, 나의 지식은 한곳으로만 쏠려 있다.

그래도 가에데 밑에서 일하고부터는 이전보다 훨씬 많은 것들을 생각하고 배울 수 있었다.

얼마 전까지는 잃어버린 것이 아쉬워 탄식만 하고 있었는데, 지금은 아무것도 잃지 않았다는 것을 어렴풋이나마 안다.

자신의 몸과 마음과 혼, 그것만 갖고 있으면 언제든 어

---

* 시마다 소지의 본격 추리물 미타라이 시리즈에 등장하는 명탐정과 그의 콤비.
** 가사이 기요시의 추리소설 야부키 가케루 시리즈 중 『안녕, 엔젤』의 두 주인공.

디서든 무엇 하나 잃지 않을 수 있다. 그리고 늘 같은 분량의 무언가가 눈앞에 있다. 세상은 그렇게 만들어져 있다. 만약 그렇게 느끼지 못한다면 그것은 본인의 문제다.

그렇게 가에데와 나는 이 세상의 X 파일을 대충이기는 하지만 하나하나 해결하고, 드높이 치솟은 봉우리 같은 영원히 풀리지 않는 수수께끼에 대해서는 그저 끝없이 오르기만 하는 인생을 선택하고서 서로의 유대를 다져 가는 파트너이다. 우리 둘은 결혼도 섹스도 하지 않고, 다만 목숨을 건다는 각오만으로 이 세상의 비밀 속으로 들어간다. 우리의 하루하루는 진짜 「X 파일」에 비하면 긴장감이 훨씬 덜했지만, 아무튼 그랬다.

물론 사명감도 없지는 않지만, 사실은 다른 인생을 선택하지 못하고서 흐르고 흘러 닿은 곳이었기에 어쩔 수 없이 매일 열심히 참가할 뿐이다.

하지만 그 이도저도 아닌 인생의 행복함이란 말로 다 할 수 없다.

* * *

그리고 또 한 가지, 나는 사실은 알고 있다.

이것은 무언가가 지켜 주고 있는 여자의 삶에 관한 이야기다.

피붙이의 애정과 눈에 보이지 않는 존재, 그리고 나고 자란 땅의 에너지와 지금까지 부여받은 것을 감사하는 마음. 내 주위에는 무지개처럼 겹겹이 애정의 고리가 있다.

커다란 무엇이 언제까지나 한없이 지켜 주는 가운데 살아가다가, 가끔은 그것을 잊어 오만해지더라도, 혼자서 살아가고 있다는 착각에 폭주를 하더라도, 그것마저 감싸 안는 무언가가 있다. 당사자는 고독과 슬픔과 시련에 우왕좌왕 소동을 피우며 온갖 감정을 경험하지만, 아주 큰 눈으로 보면 사실은 언제나 무언가가 지켜 주고 있다.

그런 보호 속에서 세계를 가만히 바라보는, 신의 눈에는 아무리 나이를 먹어도 어리기만 한 여자가 자신의 눈으로 바라본 소박한, 하지만 모든 것이 신선하게 빛나는 세계. 그런 자그마한 이야기다.

* * *

내 이름은 시즈쿠이시(雫石)다.

할아버지가 즐겨 재배한 선인장에서 따온 이름이라고 한다.

나는 바로 얼마 전까지 차가 다니는 길조차 없어, 산 어귀에서 두 시간이나 걸어가야 하는 산속 조그만 오두막집에서 할머니와 단둘이 살면서 할머니의 일을 거들었다.

내겐 부모님이 없다. 무슨 사정이 있었는지는 모르고 알고 싶지도 않다. 갖가지 얘기를 종합해 보면 할머니가 내 진짜 할머니인 것은 분명한 듯하다. 하지만 나는 할머니의 과거도 잘 모른다. 결혼을 여러 번 했다는 것밖에 알지 못한다. 할머니는 미인이라서 늘 인기 만점이었던 것 같다.

아무튼 할머니는 약초로 만드는 차의 명인이었고, 나는 유일한 피붙이인 할머니를 사람들 앞에서는 선생님이라고 불렀다. 나는 어렸을 때부터 제자 훈련을 톡톡히 받은 할머니의 유능한 어시스턴트였다.

할머니가 만드는 차는 전국 방방곡곡에 알려져 있을 정도로 유명해서, 산속 깊은 곳에 사는데도 손님들의 발길이 끊이지 않았다. 그리고 할머니는 내 엄마라고 해도 통할 만큼 젊었다. 어쩌면 할머니가 정말 엄마일지도 모르고 아닐지도 모른다.

할머니는 어째서인지 늘 금색으로 빛나 보였다.

할머니가 울적해하거나 몸이 아픈 것을 본 적이 없다. 늘 건강하고 두 볼은 윤기가 흘렀다. 몸은 말랐지만 산을 돌아다니는 덕분인지 근육도 탄탄하고 자세도 무척 좋았다. 그리고 늘 따스한 기운을 발산해서, 함께만 있어도 사람들은 안심했다.

구불구불한 길을 차를 타고 와서 내린 다음 다시 오두막까지 걸어오는 사람들은 입도 뻥긋할 수 없을 만큼 지쳐 있다가도, 할머니를 만나 차를 마시면서 잠시 얘기를 나누다 보면 얼굴이 반짝거렸다.

할머니는 의사가 아니니까 진단도 치료도 하지 않지만, 모두들 진료를 끝낸 것처럼 환한 표정으로 돌아간다. 올 때는 조바심하던 사람들도 돌아갈 때는 얼굴이 푸근하게 누그러져 "애써 여기까지 왔으니까 온천이나 하면서 하룻밤 쉬어 갈까." 하면서 여유를 부린다. 그것이 할머니의 진찰이며 치료였으리라.

할머니가 만드는 차는 딱히 특별한 성분이 든 것도 아닌데 효과가 있었다.

나는 지금도 할머니에게 사람을 치유하는 힘이 있지 않았을까 하고 생각한다. 나 역시 할머니 가까이에 있으면 몸이 찌르르해지는 강력한 힘을 느꼈기 때문이다. 그것은 어린 시절로 돌아간 것처럼 몸이 가볍고 따스하고, 한없이 긴 시간 속에 시간의 알갱이들이 꼭꼭 눌려 담긴 느낌과 비슷했다. 눈앞에 있는 어렴풋한 공간이 아주 가깝게 느껴지고, 뱃속에서 힘이 용솟음친다. 그 느낌을 가장 리얼하게 표현하는 말은 '자유'다.

할머니는 늘 자신은 아무것도 하지 않는다고 말했다.

"그냥 얘기를 하다 보면 그 사람의 몸에서 어디가 나쁜지 알게 되니까. 난 그 부위에 힘을 보내는 차를 만들 뿐이야. 자신을 낫게 하는 것은 바로 자신인데 다들 그걸 잊고 있으니까. 차로 그 힘을 끌어내는 계기를 만들어 주는 거지. 차를 마실 때는 책도 읽지 말고 텔레비전도 보지 말고 그냥 잠시 차만 마시라고 하는데, 차를 마실 때마다 그 사람은 멀고 먼 산속에 사는 할머니가 아무 조건 없이 자신의 병이 낫기를 바란다는 것을 떠올리게 된단다. 그게 치유의 첫걸음이야. 단, 신이 정한 수명이 다한 사람은 달라. 그런 사람에게는 고통을 줄이고, 병원에서 지어 주는 약의 부작용을 줄이고, 마음의 괴로움을 조금이라도 덜어 주는 차를 만든단다. 그냥 차니까, 병원에 있는 동안이나 수술한 후에 마셔도 뭐랄 사람은 없지."

할머니의 차는 때로는 난치병을 기적적으로 치료하는 약이기도 했고, 때로는 단순히 건강을 위한 차이기도 했다. 그리고 때로는 입욕제로 쓰이기도 했다.

내가 가장 대단하게 여겼던 것은 차가 차를 마시는 사람을 가리지 않는다는 점이다. 반신반의하며 마시는 사람이든 무슨 차인지도 모르고 마시는 어린애든, 효과가 있는 경우에는 누구에게나 효과가 있고, 효과가 없는 경우에도 건강차로서의 기능은 했다.

그 차의 무엇이 어떻게 작용해서 그런 결과가 나오는지는 할머니도 몰랐다.

"식물이 자라고, 사람의 몸에 난 상처가 아무는 진정한 이치를 누가 제대로 설명할 수 있겠니? 텔레비전도 책도 내가 납득할 만한 설명은 해 주지 않더구나. 난 그저 차를 만들어 파는 할머니란다. 그 이상은 기대해 봐야 아무 소용이 없지. 책임은 본인이 지는 거야. 다만 인연이 있어 만난 사람이 곤경에 처해 있다면, 하다못해 몸이 좋아지게는 해 주고 싶을 뿐이지."

그것이 할머니의 주장이었다.

손님이 찾아와 어디가 어떻게 아프다, 어떤 차를 원한다고 말해도 할머니는 그 요구의 무게와는 상관없이 잠시 눈을 감고 생각한 다음 내게 약초의 번호를 말한다. 나는 몇백 개나 되는 병에서 그 번호에 해당하는 약초를 골라 할머니가 하라는 대로 배합하고 깔끔하게 포장해서 손님에게 건넨다. 사람에 따라 차의 재료는 모두 달랐지만, 얼룩조릿대는 늘 들어가고 나머지도 모두 산에서 채취한 것이었다. 말리면 말릴수록 효과가 좋아지는 약초도 있고, 향이 강할 때 사용해야 하는 약초도 있었다. 나는 그런 것들을 배우면서 자랐다.

그래서 얼룩조릿대의 씁쓸하면서도 조금은 달달한, 맑은 먹물 같은 향기는 내게 할머니의 냄새다. 나는 할머니와 사는 내내 정말 행복했다. 그 행복은 달콤하고 포근한 것이 아니라 일 분 일 초를 살면서 모든 것이 뜻밖의 방향으로 전개되는 까닭에 신이 나서 어쩔 줄 모르는 그런 행복이었다. 조금만 한눈을 팔아도 모든 것의 가장 멋진 부분이 끝나기 때문에 늘 무대 앞에 앉은 관객처럼 가슴 설레는 그런 즐거움이었다.

그리고 할머니는 내게 차는 많이 파는 것보다 깔끔하게 팩을 해서 정성을 들여 아름답게 싸 주는 것이 중요하다는 것을 두고두고 가르쳤다. 그것은 의식이며 차와 차를 끓여 마시는 사람 양쪽에 반듯한 마음가짐을 갖게 한다고 했다. 사람은 물론 차에게도 그 점을 알게 하는 것이 할머니 철학의 진수였다고 생각한다. 그래서 아직 어려 손놀림이 서툰 내가 엉성하게 포장을 하면, 할머니는 말투는 온화해도 분명한 뜻을 담아 다시 포장하게 했다.

나와 할머니는 늘 새벽 다섯 시에 일어나 약초를 캐러 갔다. 오전에는 캐 온 약초를 말리고 자르고 특별한 샘물과 햇살 속에서 고르고 다듬으면서 보내고, 오후가 되면 차를 사러 오는 손님들을 맞았다.

다 쓰러져 가는 그 오두막 가게에서는 어떤 손님에게든,

아무리 손이 많이 간 차든 이천 엔 균일가로 팔았기 때문에 살림은 궁핍했다.

하지만 할머니를 만나러 온 사람들이 이런저런 먹을 것들을 들고 와 배를 주리지는 않았다. 사냥꾼 아저씨가 멧돼지나 토끼 고기를 갖다 준 일도 있고, 민물고기도 많이 잡혔다. 봄에는 온갖 식물의 새싹도 딸 수 있고 지내기도 수월했다. 여름에는 시원하고 가을에는 열매를 따느라 바쁘고 겨울에는 추웠지만 동네 사냥꾼 아저씨가 땔감을 가져다주었다. 그래서 나름대로 별 부족함이 없는 풍요로운 생활이었다.

그리고 벽에는 일본 각지에서 온 감사의 말이 담긴 엽서와 편지가 빼곡하게 붙어 있었다. 조금 힘들 때도 그것들을 보면서 보낸 사람의 웃는 얼굴을 떠올리면, 오늘도 열심히 일하는 것이 당연하다고 수긍할 수 있었다.

할머니는 자신이 타인에게 뭔가를 해 주고 있다는 마음이 들면 그 순간이 끝내야 할 때라고 늘 말했다.

"신이 뭔가를 해 주고 싶은데, 말을 전할 수가 없잖니? 그래서 나 같은 사람이 대신 움직이는 것뿐이란다. 그러니까 내가 뭘 해 주는 게 아니야. 일이란 원래 다 그런 거야."

그 점에 관한 할머니의 의지는 확고했다. 여기저기서 차를 상품화하자는 제안이 들어왔지만 할머니는 단호하게 거절했다. 그리고 차를 사 간 사람이 성분을 조사해 보아도 특별한 것은 나오지 않았다. 삼백초, 조릿대, 버섯, 머위, 감잎, 으름덩굴, 알로에, 뽕잎, 복숭아나무 잎, 개다래나무 잎 등 철 따라 산에서 나는 그런 것들뿐이었다. 그런데도 할머니와 똑같은 차를 만들 수 있는 사람은 아무도 없었다.

할머니는 대기업에서 간간이 보내오던 '고향의 할머니 손이 만드는 기적의 약초차'라는 제목의 기획서를 보고는 낄낄거리며 웃었다.

"따뜻한 체온이라는구나. 자연의 은총이래."

핵심을 꼬집는 영리한 할머니는 그렇게 말하며 배꼽을 잡았다.

할머니는 신에게 받은 선물을 걸맞지 않게 돈으로 바꾸려는 사람들의 신사를 경멸했다. "그 돈을 저승까지 가지고 가겠느냐?"라고 말하곤 했다.

"그래도 사람이 있는 곳에는 아주 나쁜 것도 있지만 아주 좋은 것도 있는 법이란다. 돈을 벌려는 사람들 중에도 자연의 섭리에 맞는 의도를 지닌 사람이 있을 게야. 아직 만나지 못했을 뿐이지."

할머니는 늘 그렇게 말했고, 또 늘 실망했다.

나는 할머니가 너무 극단적인 것은 아닐까도 싶었지만, 그것이 할머니의 자존심이며 생애를 바친 일에 대한 신념

일 것이라고 생각했다. 아무튼 차의 질도 떨어질 테고 땅이 변화하면 균형도 깨질 것이라고 생각했기 때문에 산을 사들여 거대한 약초원을 조성하자는 제안에는 찬성하지 않았다. 원래부터 땅에서 나는 것을 왜 바꿔야 하는지도 알 수 없었다. 제안한 사람은 많이 채취하기 위해서라고 했지만, 나도 같은 장소에서 같은 것을 많이 채취하면 그만큼 성분이 옅어진다는 것을 아는데 왜 그걸 모르는지 이상했다.

그리고 그런 제안을 할 때 오히려 대기업이 중소기업보다 그나마 낫다는 것이 신기하고 놀라웠다. 중소기업의 졸부들은 뱃속까지 돈으로 꽉 차 있는지 모든 것이 번들거렸고, 할머니와 손녀 단둘이 사는 것을 보면 단박에 속이려 들면서 말도 안 되는 조악한 기획서를 내밀었다.

"여기까지 오면서 얼마나 불평을 늘어놓았을까. 말쑥하게 양복 빼입고 산길을 올라오면서 말이다."

"이왕 오는 거, 아주 멋진 왕자님 같은 부자가 쫙 빼입고 산을 올라왔으면 좋겠다. 그리고 이 생활을 완벽하게 이해해 주고 자금도 대 주고 할머니도 소중하게 여기고, 그리고 난 그 사람하고 결혼하는 거야."

"그런 사람은 차로 돈을 벌겠다는 생각을 아예 안 하지."

이런 농담을 할머니와 곧잘 나눴다. 내가 산에 있는 동안 왕자님은 끝내 찾아오지 않았다.

그러나 평소 병든 사람들의 겸허한 마음을 접하는 우리는 건강한 사람이 만사 돈 돈 하면서 무엇이든 돈으로 환산하려는 감각이야말로 어설픈 농담이라 여겼다. 주식이나 증권을 다루는 직업이라면 또 몰라도 그렇지도 않은데 다짜고짜 내미는 것이 기획서와 계산기라서 늘 깜짝깜짝 놀라곤 했다. 아마도 그런 태도는 모든 것을 돈과 교환하는 생활에 길든 탓에 생긴 병 같은 것이리라. 그 사람들 모두가 한결같이 『사람의 마음을 끄는 책』이나 뭐 그런 것을 읽었는지, 사용하는 말이나 얼굴 표정이나 강권하는 방식이 다 똑같았다. 나는 그런 종족이 있는 모양이라고 생각했다. 그런 종족과 매번 마음을 열고 교류해 보았지만 끝내는 결렬되어 각자 집으로 돌아갔다. 그뿐이었다.

그런 것에 비하면 산의 생활은 지연이 틈을 만들어 주어 평화로웠다. 일과가 끝나면 간단한 음식을 만들어 둘이 먹었다. 잘 보지도 않고 볼 수 있는 채널도 많지 않지만 텔레비전도 있었고, 비디오를 볼 수도 있었다. 할머니가 음악을 좋아해서 커다란 오디오도 있었다. 게다가 인터넷도 쓸 수 있었기 때문에 세상과 단절되어 있다는 불안감은 거의 없었다.

다만 신기하게도 산길이 시작되는 언저리에 갑자기 공기가 투명하게 바뀌면서 소리까지 없어져 사방이 고요해지는 지점이 있었다.

 어떤 곳이든 마찬가지다. 사람이 사는 도시나 동네에서 산길로 접어들면 어느 지점부터 갑자기 세계가 싹 바뀐다. 전 세계 어느 장소든, 인간 세계와 산 세계 사이에는 투명하지만 분명한 경계선이 있다. 산 세계로 발을 들여놓으면 인간의 룰은 자연의 룰에 자리를 내준다.

 우리는 그 경계를 넘어선 곳에 살았기 때문에 그렇게 고요한 마음으로 주위에 휘둘리지 않고 생활할 수 있었던 것이리라.

 할머니가 자기 방으로 자러 가면 나는 뒷정리를 끝내 놓고 살며시 밖으로 나가 밤하늘을 올려다보곤 했다.

 곰은 없었지만 가끔 멧돼지가 부스럭부스럭 소리를 내었고, 여우나 너구리 같은 것도 있었다. 그래도 밤중에 그런 짐승들과 마주치는 일은 좀처럼 없었다. 숲 속으로 들어가지 않으면 구렁이를 만나는 일도 없었다. 나는 그 집 앞, 장작을 패기 위해 마련된 아무도 없는 공간에서 자신만의 세계에 잠겨 있었다.

 밤이 얼마나 어둡고 깊은지, 집을 밝힌 불빛이 얼마나 듬직한지 내겐 늘 신비로웠다. 낮에 본 산과 똑같은 산인데 밤이면 완전히 다른 세계가 되었다.

 눈은 거의 내리지 않았지만 큰 눈이 내리는 것도 밤이

오는 것과 비슷할 것이라고 나는 생각했다.

전혀 다른 것이 세계를 뒤덮는다. 전혀 다른 리얼리티가 출현하면서 세계의 색이 짙어지고 지금까지 숨어 있던 것들이 어둠 속을 떠다니기 시작한다. 매일을 그곳에서 살아도 그 변화에는 절대 익숙해지지 않는다. 너무도 달라 나는 날마다 놀라면서 겁에 질렸다. 어둠의 색이 몸에 배는 듯한 기분이었다. 밤이 되면 생각하는 것마저 완전히 달라진다. 깊고 날카롭고 고독한 색을 띤다.

그리고 밤이면 공기가 유난히 맑아 별이 예리하게 빛나면서 번지듯 그 빛이 퍼졌다. 서늘하고 깨끗한 공기가 찌릿할 정도로 폐로 흘러 들어오고, 그럴 때마다 소름이 쫙 돋도록 생동감 넘치는 감각을 느꼈다.

어둠 속에서 산 그림자가 땅을 뒤엎을 듯, 안개로 어릿어릿하듯 이어져 있었다.

밤은 언제나 눅눅하고, 공기가 투명하고, 짙은 녹음 냄새가 났다. 눅눅한 빛을 머금고 흔들리는 나뭇가지 소리. 반짝반짝 빛나는 흙의 색. 봉긋한 실루엣.

이곳은 나의 산. 식물과 산짐승들이 오가는 좁은 길과 동물과 곤충과 뱀과 버섯에 대해 아무리 아는 것이 많아도 여전히 미처 알지 못한 것이 무수하게 숨을 죽이고 있는 신비한 세계. 그런데도.

외로움은 끝내 갈망으로 바뀌어 갔다.

언젠가는 산에서 내려가 넓은 세상으로 나가자는. 그리고 친구도 만들자는.

이 년 전, 내가 열여덟 살이 되던 때 그것은 현실이 되었다.

개발의 물결이 밀려오면서 산기슭에서 공사가 시작되자, 어느 날 갑자기 모든 균형이 흐트러지고 말았다. 돋아야 할 곳에 풀이 돋지 않았다. 할머니 말로는 약효도 줄었다고 했다. 할머니는 식물이란 매순간 섬세하게 연락을 주고받기 때문에 산기슭에서 불미한 일이 생기면 그것이 온 산으로 퍼져, 마치 불안한 인간이 그렇듯 유독 물질을 뿜어내는 일도 있다고 생각했다.

"시즈쿠이시, 너는 산을 내려가거라. 할머니는 일본을 떠나 남자와 같이 살기로 했으니까."

어느 날 할머니가 그렇게 말했다.

"뭐? 누구랑?"

나는 때 아닌 날벼락을 맞은 듯 놀라서 물었다.

"인터넷으로 메일을 주고받는 남자가 있어. 예순두 살인데 지금 몰타 섬에 살고 있다. 부인을 앞서 보낸 지 오 년이 된다는구나. 자기 있는 곳으로 오지 않겠느냐고 해서 그러기로 했다."

조금은 부끄러운 듯 할머니는 말했다.

"할머니, 아니 할머니 주제에 메일까지 주고받으면서 애인을 만든 거야? 채팅 사이트였어?"

이삼 년 전, 먼 곳에 사는 어떤 부자 손님이 다리가 좋지 않아 직접 올 수 없자, 인터넷으로 차를 주문하기 위해 컴퓨터를 사 주었다. 컴퓨터는 설치하는 사람과 함께 왔다. 할머니는 직접 찾아올 수 없는 몇몇 손님에게 꼼꼼하게 질문을 하고는 차를 만들어 보내 주었다. 그런 때의 할머니는 마치 눈앞에 있는 손님을 보듯 컴퓨터 화면에 집중하면서 잠시 눈을 감았다가는 다시 뜨고 공책에다 메모를 했다. 시대는 바뀌었지만 사람이 하는 것은 늘 같다.

그것은 상상해 본 적 없는 풍경이라 처음에는 어색했지만 보고 있으면 아주 흐뭇했다.

그리고 아침이 되면 할머니와 나는 소포로 보낼 차를 포장해서 우편배달부가 오기를 기다렸다.

부엌 옆에 있는 할머니의 책상은 의사의 진료실 책상 같은 것이다. 등을 꼿꼿하게 펴고 거기 앉아 있는 할머니는 이 세상에서 보다 아름답고 야만스러운 것들과 굵은 선으로 이어져 있는 듯이 보였다. 창가에 놓인 조그만 스탠드 불빛 아래에서, 할머니의 얼굴은 마치 불상처럼 고요했다.

그런데 그런 생활 속에서, 책상에 놓인 컴퓨터를 통해 연애편지까지 주고받았다니 정말 놀라웠다.

"그런 남자 친구가 몇 명 있다는 건 알고 있었지만."

깜짝 놀란 나는 그렇게 말했다. 할머니는 미소를 머금고 대답했다.

"그래. 원예 사이트에서 알게 되었어. 그런데 금방 마음이 맞은 데다 서로를 필요로 하는 것 같고, 이 할미도 여자로서 다시 한 번 인생을 꽃피워 볼까 싶은 생각이 들더구나. 그 사람, 거기서 영어 학원을 운영한대. 색다른 식물도 많이 있는 것 같고, 수요도 어느 정도는 있는 것 같아. 너도 데리고 가고 싶다만."

"가고는 싶지만, 내가 가면 방해만 되는 거 아냐? 할머니가 가서 몇 년 사는 동안, 그 남자하고 오래갈 것 같으면 나도 몇 번 놀러가 보고, 그다음에 정할게."

"여름에 영어 배우러 오면 되겠구나."

"응. 앞으로 어떻게 살지는 잘 모르겠지만 혼자 생활해 보고 싶은 마음도 있으니까. 그래도 차는 계속 팔고 싶어."

"지금까지 너에게 할미가 가르쳐 줄 수 있는 것은 다 가르쳤다. 하지만 산의 상황이 바뀌었으니. 샘의 수질도 달라졌고, 아무튼 여기서는 더 이상 일할 수 없을 것 같다. 할미는 그쪽에 가서 연구를 하마. 너는 삼백초나 쑥이나 그런 채취하기 쉬운 것을 키우면서 새 생활을 꾸려 봐."

"산을 망가뜨린 사람들이 미워. 우리 생활이 끝나 버리잖아. 우리는 아무 잘못도 안 했는데."

산은 늘 한없이 많은 것을 우리에게 선사해 주는데 인간은 그런 산을 겸허하게 받아들이지 않는다.

만약 식물이 없어지면 사람들은 좋아하는 고기 역시 먹을 수 없게 된다. 햇볕도 더는 쬘 수 없어진다. 산소도 부족해진다. 조금만 주세요, 라고 말하던 시대는 오래전에 지나갔고, 지금 인간은 아무 거리낌 없이 밥을 더 달라고 보채는 불청객처럼 뻔뻔스럽다.

산에서는 아무리 미미한 것도 반드시 제 몫의 할 일을 갖고 태어난다. 그리고 복잡하게 얽히고설켜 서로를 도와 가며 산다.

그런 것을 보면 인간이 말을 사용해서 이러니저러니 생각하는 따위는 취미에 지나지 않는다고 여겨질 정도였다. 감탄하는 마음과 경외하는 마음은 사람을 절로 겸허하게 만든다. 나는 최대한 내 그림자를 남기지 않으면서 신속하게 행동했다. 그것이 설령 에너지가 발한 흔적이라 해도. 그래도 산의 예민한 공기 속에서는 민달팽이가 지나간 길마저 빛나듯, 내 흔적 역시 남으리라고 생각했다.

그래서 나는 식물을 의인화하지 않았다. 그냥 다른 생물이 거기에 살고 있다고. 그렇게 생각했다.

산은 계곡물의 흐름을 막거나 조금만 바꾸어도 치명적으로 변했다. 이 산이 다시 안정을 찾으려면 앞으로 몇십 년은 걸리리라.

연애나 병을 치유하는 것도 마찬가지다. 만사는 시간을 들일 만큼 들여 온당한 순서를 밟아 바꿔 나가지 않으면 절대 제자리를 잡지 못한다. 그런데 사람만이 생략하고 서두른다. 욕망 때문에. 그러니까 모든 종교가 가장 먼저 욕망과 싸우게 되는 것이라고 나는 생각했다.

장작에게 빨리 좀 마르라고, 꿀벌에게 지금 당장 벌집을 다른 곳으로 옮겨 달라고 부탁할 수 없다. 아니 정확하게 말하면, 사실은 할 수 있지만 에너지도 필요하고 시간도 걸린다.

할머니를 만나러 오는 사람들 중에는 간혹 할머니가 의사도 아닌데 기적을 요구하는 사람도 있었다. 하룻밤 사이에 눈이 휘둥그레질 만큼 싹 나아서, 내일이면 옛날의 자신으로 돌아가 있기를 기대한다. 그럴 수만 있다면 돈은 얼마든지 내겠노라고 한다. 목숨을 더 벌고 싶다면서 "오늘 안에 돌아가지 않으면 내일 일을 할 수 없다"며 당치 않은 말을 한다.

산을 파괴한 사람들 역시 느낌이 비슷했다. 미래를 계획적으로 생각하면서 질서 있게 행동할 수 없다니, 꿀벌보다 머리가 나쁜 거 아니야? 그런 생각에 나는 버럭 화를 내고 말았다.

저변에 깔려 있는 사정이 위로 부상하면서 점점 더 돌이킬 수 없는 잘못으로 확대되어 그렇게 되고 마는 것이다. 모두가 일단은 '산을 파괴하면 안 된다'고 생각하니까, 시간을 두고 결국은 산이라는 형태만 남고 생명은 완전히 마모되고 만다.

텔레비전을 보면 외국에서는 그런 말도 안 되는 절충안이 통용되지 않는 모양이다. 할머니는 이런 일본에 넌더리가 나 자연이 고스란히 남아 있는 곳에 가서 살고 싶은 것이라고, 그리고 그런 것에 대해 이런저런 생각을 하고 싶지 않은 것이라고 나는 생각했다.

할머니가 이렇게 말했다.

"시간이 흘러도 변하지 않는 생활은 아무런 재미가 없지."

나는 그 말에 감동했다. 내가 할머니가 되면 과연 그런 말을 할 수 있을까 하는 생각이 들었다. 나도 그러고 싶다는 생각도. 할머니는 그 말이 내 안에 묵직하게 가라앉는 때를 가늠하고는 말을 이었다.

"언젠가는 좋은 날도 있을 게다. 보다 큰 의미에서 말이야. 사람이 있는 곳에는 반드시 가장 나쁜 것과 가장 좋은 것이 함께하는 법이란다. 에너지를 증오하는 데 함부로 써서는 안 돼. 끊임없이 가장 좋은 것을 찾도록 해라. 흐름에 몸을 맡기고 겸허해지도록 하고. 그리고 산에게 배운 것을 소중히 여기면서 늘 사람들을 돕도록 해라. 증오는 너의 몸 세포 하나하나까지 무차별적으로 상처를 입힐 거야."

늘 할머니가 하는 말이지만 그때는 정말 가슴에 사무쳤다. 그제야 겨우 의미를 이해해서였는지도 모르겠다. 증오에 증오로 답할 때는 거기까지 추락해야 한다. 그렇게 되면 언제까지고 자신과 같은 마음으로 살아가는 친구들을 만날 수 없다.

그리고 우리는 산에서 내려왔다.

몇 번이나 뒤돌아보며 고마워하고 눈물 어린 채 고향을 등졌다. 마지막으로 물가에서 심호흡을 했다. 언제까지나 잊지 말자고 생각했다. 늘 만나는 벌레들과 계절마다 찾아오는 새들, 앉아 있던 나무 등걸과 흙냄새를. 비탈길을 걷다 보면 만나는 졸졸 솟아나는 깨끗한 샘물의 맛을. 물에 젖어 매끈하게 빛나는 폭신폭신한 풀고사리와 이끼의 감촉을.

그러면 그 푸르름은 영원해진다.

* * *

　할머니와 생활하면서 터득한 모든 것을 생각하면 내가 가에데의 어시스턴트가 된 것은 거의 운명이었다는 생각까지 든다.
　하나에서 열까지 묘하게 일치했다. 할머니와 가에데는 사람을 구하는 데 인생을 바치고 있는데, 그것은 개인을 도움으로써 인간 전체의 훌륭한 점에 눈에 보이지 않는 무엇을 더해 가는 시도였다. 나는 그런 시도를 거들고 관찰할 수 있는 위치에 있다는 데 늘 보람을 느꼈다.
　그렇다, 사람은 자신이 스스로 연마하고 터득한 무엇이 되어 가는 것이라고 생각한다.

* * *

　꼭 일 년 전, 가에데의 어시스턴트가 되기 전의 나는 아무것도 아니었다. 그저 환경에 적응하는 데 온 시간을 다 썼다.
　공부가 되겠다 싶어서 한약방에서 접수로 일한 것 외에는 아무 일도 하지 않았다. 그리고 한방은 좋았지만 그 길로 나아가겠다는 생각은 없었다. 한방에서 쓰는 재료는 수

입품이거나 열과 압력이 가해진 것인 경우가 많아 도중에 어쩔 수 없이 힘이 약해졌다. 그리고 몇 가지는 일본 사람의 몸에 맞지 않는다고 여겨지는 것도 있었다. 그런 문제를 전부 해결할 수 있는 달인이 분명 있을 것이라고 생각했지만, 내가 일하는 곳은 그런 수준은 아니었다.

그리고 무엇보다 몸이 길들여지기까지 하루하루가 전투였다.

자연에서 멀어지고, 낯선 사람들이 많은 곳에 있게 되자 나는 끊임없이 두통에 시달렸다.

할머니의 차를 마시며 조금씩 몸을 어르고 달래 겨우겨우 나무와 흙이 없는 생활에 익숙해졌다. 도시 생활에는 편리한 점도 많았지만, 낮이 종잡을 수 없이 막연하게 밤으로 옮겨 가는 것에는 정말 놀랐다. 인간은 그렇듯 자신을 강하게 압박하는 밤이 두려워 인공물을 무수히 늘리고, 그 급격한 변화를 염력으로 무마시켰다고 생각한다.

두려움은 많이 줄었지만 그 대신 사람의 마음속으로 침잠한 어둠이 큰 자리를 차지한 듯하다.

* * *

내가 사는 아파트는 철근 구조의 사 층 건물로, 내 방은 일 층에 있다. 아담한 정원도 있다. 나는 그곳에 다양한 선인장을 키웠다. 할머니를 배우기 위해서였다.

일상이란 실제로는 그리 행복하지 않다. 익숙하지 않은 생활에서 벌어지는 사소한 일들이 나를 짜증스럽게 했고, 어떤 일도 예정한 대로 이루어지지 않았다. 그래도 나는 행복했다.

달콤한 향내 나는 선인장 꽃에는 늘 벌레들이 꼬여 들었다. 살충제를 싫어하는 나는 벌레를 쫓거나 젓가락으로 집어내고 한방약을 뿌리고 화분갈이를 하면서 차분하게 지냈다. 화분갈이를 위해 나란히 뿌리를 말리고 있는 조그만 선인장들을 바라보면 가슴이 뭉클해질 정도로 사랑스럽고 듬직해서, 단단히 뿌리 내리라고 기도하는 심정으로 나까지 다시 태어나는 기분이었다. 그렇게 나는 은총처럼 불쑥 나타난 예쁜 구름이 그 빛으로 하늘을 가득 메우는 것을 지켜보고, 시원한 물 한 잔을 마시면서 온갖 피로를 꿈처럼 날려 버리고, 씨앗이 흙에 섞여 있었는지 어디서 날아왔는지 느닷없이 피어난 민들레꽃 한 송이가 금빛으로 빛나며 바람에 흔들리는 모습을 한없이 바라보았다. 산에서는 내려왔지만 그런 것들과 연결 고리를 유지한 덕분에 나의 일상은 생각했던 것보다 훨씬 자주 예전의 행복감으로 채워졌다.

* * *

하지만 산에서 살던 시절부터 나의 인간관계는 순조롭지 못했다. 어느 정도 거리를 두고 사람들과 교류해야 하는지 전혀 가늠할 수 없었다. 유일하게 나와 함께해 준 할머니 역시 사람들을 멀리하며 살아왔고 말투도 차가웠기 때문에 그 영향이 한 원인이라고 생각한다. 내 눈은 그만 꿰뚫어보고 만다. 상대가 숨기고 싶어 하는 것까지.

그 사람들이 옆방으로 이사 왔을 때, 몹시 불길한 예감이 들었다.

비 내리기 전처럼 온몸을 끈끈하게 휘감는 공기, 기압이 점점 내려갈 때처럼 머리를 짓누르는 느낌이 물에 젖은 헝겊을 뒤집어쓴 것처럼 나를 포박했다. 그리고 별다른 일도 없는데 왠지 마냥 불안했다. 이대로 있으면 무슨 일이 벌어질 것만 같은 기분이었다.

물론 그것은 무슨 종교적인 영역은 아니다. 누구라도 그 사람들을 보면 좋은 인상을 받지 못할 것이다.

가에데의 어시스턴트로 일하기 직전, 내 머리는 그런 고뇌로 터질 듯했다.

옆집이 빈 지 한 달 만에 이삿짐센터의 트럭이 황망하게 나타났다. 인사를 하러 온 사람은 몰골이 보잘것없는 아주머니였다.

 사실은 그리 나이를 먹은 것도 아닌데 무척 늙어 보였다. 웃으면 입가가 뒤틀리면서 지저분한 이가 보였다. 얼마 전에 위 수술을 했는데 어쩌고저쩌고, 그녀는 내가 물은 것도 아닌데 구부정한 자세로 그런 말을 했다. 그리고 비닐 주머니를 내게 건넸다. 그 안에는 샛노란 수건이 담겨 있었다.

 이런 말은 좀 그렇지만, 마음이 깨끗하지 못한 사람의 물건은 그것이 설령 청결하더라도 불결하게 보이곤 한다. 왠지 끈적끈적한 느낌이 든다.

 나는 멍하니 그것을 받아 들었다. 그녀에게는 사람을 멍하게 만드는 면이 있었다. 오래 쳐다봐서는 안 될 것 같아 마음이 제멋대로 고개를 돌리는 것이다.

 아들과 같이 살아요, 라고 그녀는 말했다. 그런데 나중에 본 그 아들이라는 사람은 어느 모로 보나 아들이 아니었다. 아주 젊은 애인이든가 기둥서방이든가. 그렇게 천박한 남자도 보기 드물었다. 차라리 요상한 눈길로 쳐다보거나 속옷을 훔치거나 하는 사람이라면 얼마나 좋을까. 그건 알기 쉬우니까.

 하지만 그의 천박함은 도랑 가득 썩어 가는 쓰레기를 볼 때처럼 견디기 힘든 것이었다. 그리고 이상한 냄새까지 났다. 향수와 체취와 술 냄새가 뒤섞여 발효한 듯한 냄새. 그들이 걸어간 길을 걸으면 속이 울렁거렸다. 나는 그들을 피하게 되었다.

게다가 그들의 냄새에는 화학 약품 특유의 냄새도 희미하게 섞여 있었다. 각성제나 그런 종류일 것이라고 생각했다. 그리고 그렇게 몰상식하게 싸우는 이유가 거기에 있지 않을까 싶었다.

내가 교육받은 과정을 곰곰이 되돌아보았지만 내 안에 차별 의식이 있으리라는 생각은 들지 않았다.

산에는 중병을 앓고 있는 사람, 얼굴 절반이 녹아 문드러진 사람, 몸이 이리저리 뒤틀린 사람, 몸집이 유난히 작은 사람 등 다양한 사람들이 찾아왔다. 그런 사람들을 보면 처음에는 다소 놀랐지만 금방 익숙해졌다. 가족들도 이미 익숙해 있고 당사자도 익숙하기 때문에 놀라움이 오래가지 않는다.

그런데 그런 사람들과는 달리 그들에게는 안에서 스멀스멀 배어 나오는 불쾌함이 있었다. 도시이기에 있을 수 있는 인종인지도 몰랐다.

그들은 딱히 차림새가 이상하지도 않았고, 잘은 몰라도 어떤 특수한 일을 하는 것 같지도 않았다. 같은 건물에 물장사를 하는 젊은 여자도 살았고, 바에서 바텐더로 일하는 사람도 살았다. 그들 역시 이 두 사람을 꺼렸다. 미안한 일이지만 마주치면 기분이 암울해진다고 했다. 잠시 서서 얘기를 나눌 때, 그들은 나와 비슷한 느낌을 토로했다.

모두가 비슷한 느낌을 품고 있다는 데 나는 안심했다. 정체를 알 수 없는 불길한 느낌을 품은 사람이 나만은 아니라는 생각만으로도 기운이 솟았다. 아무튼 그들에게서 나는 냄새를 견딜 수 없었다. 뭐야! 이 냄새. 그들이 지나가고 나면 나도 모르게 그런 말이 뱉고 싶어졌다.

나는 정원에도 잘 나가지 않았다. 창문만 열어도 그 사람들의 냄새가 풍겼고, 말다툼을 하는 요란스러운 소리가 들렸기 때문이다. 마침 초겨울이라 선인장은 조금만 손질해 주어도 괜찮았다. 날마다 나는 이사를 생각했다. 그 정도로 옆집에서 전달되는 압박감을 견디기 어려웠다. 봄이 되면 하루 종일 정원에서 마음껏 식물을 보고 싶었다. 그것이 도시에 사는 내가 건강할 수 있는 길이었으니까.

* * *

어느 날, 나는 동네 술집에서 텔레비전을 보면서 "이사하고 싶다"고 푸념을 늘어놓았다. 그즈음 늘 그랬다.

"어떻게 하면 돈을 빨리 모을 수 있을까. 아줌마, 무슨 좋은 일 없어요?"

나는 그 술집 아저씨와 아줌마에게 밥을 싼 값에 얻어먹곤 했다. 더할 나위 없이 좋은 사람들이었다. 드나드는 손님들도 대체로 인상이 좋았다. 혼자서 술을 마시면 손님이 희롱할 수도 있다면서 친부모처럼 나를 지켜 주었다.

아아, 만약 엄마 아빠가 있다면 이런 느낌일지도 모르겠다고 나는 늘 생각했다. 아빠의 흥분을 잘 하는 성격과 굳건한 어깨. 잔소리는 많아도 말투는 언제나 따스한 엄마. 무슨 일이 있어도 그들 품 안에 있으면 포근하다. 두 사람은 남자와 여자고, 할머니보다 젊지만 실수투성이고, 더없이 친절하고, 그리고 박력이 있었다. 두 사람과 함께 있으면 이 세상의 추위를 조금은 잊을 수 있었고, 이런 상황이 오래도록 계속되리라는 착각에 빠질 수 있었다.

그것은 내가 산속에 살면서 산에게 느낀 것과 비슷한 감정이었다. 여유롭게 감싸여 있는 느낌이었다.

나는 가끔 책가방 멘 그 집 아들이 "다녀왔어요." 하고 인사하며 학교에서 돌아오는 모습을 질투하기도 했다. 아아, 부럽다. 저렇게 천진하게 이 집 아들일 수 있고, 엄마 아빠와 아직도 한참을 같이 살 수 있다니.

"그러고 보니까, 시즈쿠이시처럼 좀 유별난 사람이 있어. 동네 어귀에 살고 있는 점쟁이인데, 눈이 잘 안 보여서 어시스턴트를 구하고 있다고 누가 그러던데. 꽤 괜찮은 남자라서 여자들이 너도나도 응모했는데, 면접이 까다로워서 다들 떨어졌대."

그 말을 들었을 때, 나는 바로 이거라고 생각했다. 손에 들고 있던 소주잔을 꽉 쥐어 하마터면 깨뜨릴 뻔할 정도로 조급함이 밀려 왔다. 얼른 가 보자. 지금 이러고 있을 때가 아니야, 하고 생각했다. 그 순간, 이사니 돈이니 하는 것은 까맣게 잊었다.

"거기 다녀올래요. 어디죠?"

"시즈쿠이시. 괜찮은 남자라는 말에 안달이 난 모양이네."

아줌마가 가엾은 것을 보는 눈빛으로 말했다.

"거 당신, 혼자 사는 아가씨는 다 그렇다는 거 몰라?"

아저씨가 부인을 나무랐다.

두 사람은 근처에 사는 사람에게 전화를 걸었다. 그리고 내게 그 점술가의 연락처를 알려 주었다.

이 동네 사람들은 무슨 고민거리가 있으면 그곳을 찾아간다고 한다. 모두가 다 좋은 일로 가는 것은 아니니까 공공연한 비밀이지만, 아무튼 잘 맞힌다는 것이다.

나는 전갱이구이 정식과 덤으로 나온 나물 반찬을 꼭꼭 씹어 먹으면서 흥분에 싸였다.

"후후후, 드디어 찾았군."

* * *

가에데라는 그 사람에게는 일종의 초능력이 있는데, 어떤 사람이 지니고 있던 물건으로 그 사람의 온갖 것을 알아맞힌다고 들었다.

아무튼 면접을 보러 가고 싶은 생각에 아줌마가 가르쳐 준 전화번호로 전화를 걸었다. 말투가 정중하면서도 퉁명스러운 남자가 전화를 받더니 내일 세 시에 오라고 했다. 내가 약초차 얘기를 하자, 그럼 그것도 가지고 오라고 했다.

상당히 냉정하고 빈틈없는 말투였지만, 나는 그 말투에서 온기를 느꼈다. 섬세하고 반짝반짝 빛나는 감촉이 귀에 남았다. 이 사람은 틀림없이 진짜일 것이라고 나는 생각했다.

조심조심 가르쳐 준 장소를 찾아갔다. 옛날에 개울이 흘렀던 곳을 길로 만든 모양이다. 좁다랗고 구불구불한 보도를 걸어가자 해묵은 집 한 채가 보였다. 얼룩투성이 거무칙칙한 벽은 덩굴이 휘감고 있었다.

하지만 마당에서 자라는 식물은 활기가 넘쳤고, 빛을 향해 밝고 느긋하게 가지를 뻗고 있었다. 혹시나 약초가 될 만한 것이 있나 하나하나 음미하면서 걷느라 대문에서 현관까지 한참이 걸렸다.

벨이 망가져 있어 문을 두드렸더니, 들어오라는 낮은 목소리가 들렸다. 나는 그렇게 그를 처음 만났다.

쿵쾅거리는 가슴으로 기다렸다.

집 안은 고독하고 청결하고, 달콤한 재스민 같은 향내가 풍겼다.

그 향내를 눈으로 좇자, 응접실 창틀에 멋들어진 재스민 화분이 놓여 있었다. 꽃도 피지 않았는데, 벌써부터 아련하게 향내를 풍기고 있는 것이다. 식물을 보면, 냄새를 맡아 보면 그 집 사람을 알 수 있다. 나는 안심했다. 가슴의 두근거림도 잦아들었다.

"앞이 잘 보이지 않아 미안하군요. 태어날 때부터 시력이 좋지 않았어요. 전혀 보이지 않는 것은 아니라서 생활하는 데 불편은 없지만, 빛이 눈부실 때나 밤에 외출을 할 때면 역시 좀 불편하지요."

그는 선글라스를 낀 채로 그렇게 말하며 또박또박 걸어 내 앞에 나타났다.

기대했던 만큼의 생김새도 아니고 내 취향도 아니었지만 갸름한 얼굴에는 예민하고 영리해 보이는 빛이 스며 있었다.

그는 조금은 끈끈한 발음으로 그러나 한마디 한마디를 정확하게 말했다. 그의 말투에 담긴 묘한 울림은 사람을 안심시켰다. 그리고 그가 늘 현재라는 시간에 확고하게 뿌리 내린 존재라는 것을 알려 주었다.

서로를 알게 된 후에도 그는 딴청을 부리는 일이 거의 없었고, 다른 생각을 할 때는 그렇다고 분명하게 말했다. 늘 눈앞에 있는 사람을 기꺼이 받아들이고 있다는 느낌이었다.

"처음 뵙겠습니다."

"항상 몸에 지니고 다니는 것을 하나 줘 봐요. 어떤 사람과 마음이 맞는지를 알려면, 그 사람의 물건이 필요해요. 그 점은 통화를 하면서 설명했지요?"

"아니, 난 면접을 보러 온 거예요. 뭘 봐 달라는 것이 아니고."

나는 깜짝 놀라 말했다.

"아, 미안합니다. 듣고 보니 그렇군요. 당신은 면접을 보러 오겠다고 했지요. 지금 어시스턴트가 없어서 모든 일을 혼자 하다 보니, 이것저것 널려 있는 일이 많아서 그만 다음 손님인 줄 착각했습니다."

가에데는 부끄러운 듯 말했다.

그래서 더욱 '여기서 일하면서 이 사람을 거들어야겠다.'라는 은밀한 의욕이 가슴속에서 끓어올랐다.

"그래도, 괜찮다면 몸에 지닌 물건을 하나 줘 보세요."

선글라스 아래 그의 눈은 예리하게 빛날 뿐, 조금도 웃고 있지 않았다. 긴장한 나는 "네."라고 대답하고서, 늘 끼고 다니는 할머니가 준 반지를 내밀었다.

"선인장이 보이는군요."

그는 반지를 손에 쥐고서 잠시 가만히 있다가 말했다. 나는 화들짝 놀랐다.

"선인장의 마녀, 그리고 그 제자란 말이 떠올라요."

나는 할머니를 어떤 유의 마녀라고 생각하고 있었다. 그리고 나는 마녀의 제자였다.

"이건 당신의 피붙이가 당신에게 준 것이로군요. 그 할머니는 아직 살아 있어요."

나는 고개를 끄덕였다. 다행이다. 역시 할머니와 나는 한 핏줄이었어, 하고 생각하면서.

"네, 아직 징징하게 살아 있어요. 나보다 훨씬 생기발랄하게."

"할머니의 성격이 너무 강해서 당신이 잘 보이지 않는군요. 할머니에 대해서는 잘 알겠어요. 옛날에 여러 가지 일이 많았군요. 그 죗값을 치르기 위해 사람들에게 헌신하고 있어요. 하지만 죄는 이미 깨끗하게 정화되었습니다. 그녀에게는 사람을 치유하는 능력이 있군요. 여장부에 결혼을 몇 번이나 했지요. 하지만 당신과 함께 살기 전에 결혼했던 할아버지와 가장 오래 산 듯합니다. 지금은 또 다른 남자와 살고 있어요. 그 할아버지는 돌아가셨군요. 할머니는 식물을, 지금은 특히 선인장을 좋아합니다. 기후가 더우면서도 건조한 외국의 한 섬에 있군요. 당신은 심령술이나 신비한 일에 아주 관심이 많은데, 그런 것들 모두가 선인장과 관련이 있습니다. 그리고 선인장 역시 당신을 무척 좋아해요. 선인장은 이미 당신을 선택했어요. 할머니가 굳이 선인장을 선택한 것은, 선인장이 당신에게 다가가고 싶어 했기 때문이기도 합니다."

선인장도 당신을 무척 좋아한다, 그런 말을 들으면 보통은 웃음을 터뜨리리라. 하지만 나는 물론 수긍했다. 그리고 그 부드러운 말의 울림에 눈물까지 고였다. 선인장도 나를 좋아한다고 생각했더니, 할머니와 함께 살았던 때의 편안함이 나를 감쌌다. 그랬군, 역시 거기에 있어 주었어. 그런 느낌이었다. 지금까지 말로는 잘 통하지 않았는데, 이 사람이 통역해 준 덕분에 서로의 마음을 알게 되었다는 식이었다.

"무엇이든 좋으니까 이번에는 당신 것을 만져 보고 싶군요."

나는 가방 속을 뒤졌다. 고개를 숙였더니 눈물 한 방울이 가방 속으로 똑 떨어졌다.

정신 상태가 아주 묘했다. 흔히 책에 자신이 귀의할 수 있는 도사를 만나면 이런 기분이 든다는 말이 씌어 있었다. 신앙에 몸담게 된 계기로 그런 기분을 예로 든 사람도 많았다.

나는 그런 글을 읽을 때마다 '바보 같기는, 일종의 최면술에 걸린 거지 뭐.' 하고 생각했다. 그런데 막상 자신에게 그런 일이 생기고 보니, 다루기 벅찬 크나큰 감정이었다. 밀려오는 그리움, 애틋함, 그리고 돌아가고 싶은 마음. 이 사람이 늘 있는 세계야말로 내가 원했던 세계였다고, 온몸의 세포가 파르르 떨었다. 엄청난 양의 에너지가 한여름의 따끈한 오후처럼, 햇살에 속이 비칠 듯 아름다운 파도처럼 뜨겁고도 시원하게 한없이 밀려왔다.

"당신은 산속에서 살았어요. 당신은 늘 하늘을 올려다보았어요. 당신이 동경하는 모든 것이 그곳에 있었고, 당신의 유일한 위안은 밤에 추운 밖에 나가 별을 올려다보는 것이었지요. 산의 정령은 지금도 당신을 사랑합니다. 당신은 산의 생물을 아주 극진하게 대했군요. 그쪽의 장난으로 병에 걸렸을 때도 당신은 원망하지 않았어요. 당신은 지금, 예전 생활과 새로운 생활 사이에 끼여 있군요. 당신은 특별하고 정은 많은데 사람을 싫어합니다. 식물과 관련된 힐링 일을 하게 되겠지요. 당신은 아주 건강하고, 예리한 직관력을 갖고 있으면서도 싫은 일은 금방 잊어버리는 낙천

적인 성격입니다. 사람을 서포트하는 데 알맞은 성격이에요. 그리고 당신 역시 마법사입니다. 당신의 후각에는 각별한 재능이 있어요. 또 당신은 사물의 진정한 모습을 볼 수 있어요. 보통은 눈에 보이는 것과는 다른 원래의 모습을 어렴풋이 감지할 뿐이지만 당신의 눈은 실제로 그것을 보고 코는 그 냄새를 맡을 수 있지요."

그리고 가에데는 이렇게 말했다. 운명의 순간이었다.

"나는 당신을 믿습니다. 우리 집에서 일해요, 나의 어시스턴트로. 그리고 필요한 사람에게 식물과 선인장 차를 꼭 처방해 주세요. 보수에 관해서는 다시 자세한 얘기를 나누기로 하지요. 내게는 후원자가 있습니다. 그 사람이 경리 일을 전담하고 있으니까, 당신을 어떤 식으로 고용할지 결정되면 급료도 정하겠습니다. 미리 돈이 필요하다면 말하세요. 믿고 내드리겠습니다."

"색다른 면접이네요."

나는 기뻐하면서 말했다.

"뭣하면 복채를 받을까요?"

가에데가 웃었다.

"아, 농담입니다. 하지만 그 차를 한번 마셔 보고 싶군요. 아주 좋을 것 같아요."

"물론 끓여 드릴게요. 선생님에게 맞게 골라 왔어요. 피가 깨끗해지고 순환이 원활해지면서 머리에 쌓인 피로가 풀리는 차랍니다."

나는 부엌에 가서 첫 일로 차를 끓였다. 가에데는 차를 마셔 보고, 마음에 들어 하며 사 주었다. 현관에 팸플릿을 비치하겠노라는 말도 했다.

우리는 그 순간부터 친구가 되었다. 우리 둘 다 친구가 되었다는 말은 한 번도 꺼내지 않았지만, 마치 계약서를 주고받은 것처럼 그 마음을 서로가 분명하게 알 수 있었다. 좀처럼 만날 수 없었던 친구를 겨우 만났다. 너무 오래 만나지 못해서 희망을 버리려 했는데 기다리기를 잘 했다. 그런 느낌이었다.

* * *

나는 일주일에 닷새 가에데의 집으로 가서 접수 일을 하고, 전화를 받고, 장부를 기록했다. 그리고 남는 시간에는 가에데의 책에 필요한 인터뷰를 하고 메모를 했다. 점을 보러 온 사람 가운데 출판사에서 일하는 사람이 '그의 이야기를 꼭 책으로 만들고 싶다'고 제안했는데 앞이 잘 안 보이는 그가 글을 쓴다는 것은 너무도 힘겨운 일이고, 점치는 일을 가장 우선하는 상황에 편집자나 대필자를 집으로 오라 한들 순조롭게 얘기가 진행되리라는 보장도 없었다. 그래서 그런 일을 할 수 있는 어시스턴트가 있으면, 비는 시간에 편집자가 해야 할 질문을 대신 하고 동시에 녹음을 해서 나중에 정리하는 것이 가장 좋은 방법이라는 결론이 나왔다고 한다. 게다가 책이 출판되면 당분간은 손님도 많아질 테니까 역시 어시스턴트를 먼저 정한 후에 시작하는 것이 좋겠다고 일단 기획이 중지된 상태였다. 나의 등장으로 모든 것이 다시 움직이기 시작했다. 그것은 아주 자랑스러운 일이었다.

* * *

그의 집 안에서 시간은 아주 신기하게 흘렀다. 지금까지 경험한 적 없는 흐름이었다. 차바퀴가 천천히 돌다가 정지하기 직전처럼 시간은 늘 그렇게 흘렀다.

앞이 잘 보이지 않는 그의 움직임은 아주 느릿하고 신중하고 군더더기가 없었다. 집 안에서, 그는 마치 잘 보이는 사람처럼 우아하게 움직였다.

그의 인생 또한 정말 특별했다.

아버지는 어느 시골 조그만 신사의 신주(神主)였고, 돌아가신 어머니는 점술가였다고 한다. 할머니 역시 고명한 점술가였는데, 지금의 가에데가 그런 것처럼 정치가를 비롯한 많은 사람들이 그녀에게 점괘를 묻고자 가에데가 태어난 동네를 찾아왔다고 한다.

태어날 때부터 시력이 좋지 않았던 가에데가 잘 보이지 않는 눈으로 앞에 있는 광경을 보게 된 것은 다섯 살 때쯤의 일이었다.

한 친척 아저씨가 두고 간 열쇠 다발을 손에 쥐었을 때 처음 그런 현상이 나타났다. 가에데의 눈에 그 아저씨가 교통사고를 당하는 장면이 보였다. 그래서 사람들에게 그 말을 했지만, 때는 이미 늦어 아저씨는 중상을 입고 입원한 상태였다. 가에데는 울면서 자기 때문이라고 사과했다. 부모는 할머니의 고단함을 알고 있었기 때문에 안 그래도 눈이 나쁜 가에네에게 그 일을 시키고 싶지 않아 판단을 보류했다. 부모의 애매한 태도가 오히려 어린 가에데에게 상처를 주었다. 가에데는 사고를 미리 안 자신을 증오하면서 몹시 괴로워했다.

어느 날, 겉으로는 아무렇지 않아 보여도 속으로는 마음을 앓던 가에데를 보다 못한 할머니가 그를 불러 앉혀 놓고 "언젠가 네가 이렇게 될 줄 진작 알고 있었다."라고 말했다.

가에데는 눈물을 흘리며 자신의 눈에 때로는 보이고 때로는 보이지 않는 것들을 어떻게 대하면 좋을지 모르겠다고 했다.

"자기 탓이라는 생각은 절대 해서는 안 된단다. 그렇게 생각하면 언젠가는 자신이 알아맞혔다는 마음이 들 수도 있어. 그런 마음의 싹을 지니고 있으면 또 언젠가는 겸허함이 오만함으로 변해 버릴 테니까 말이야. 중요한 것은 누군지는 모르지만 어떤 위대한 존재가 네게 알려 준 정보를 물이 흘러가듯 자연스럽게 흐르는 대로 내버려 두는 거란다. 너 자신은 비우고 말이지."

그때 가에데는 자신의 어깨를 짓누르던 무거운 짐을 내려놓은 기분이었다고 한다. 자신이 어떤 위대한 힘과 사람들 사이에 있는 존재에 불과하다는 것을 자각했던 것이다. 그 후에는 많은 것들이 눈에 보여도 두렵지 않았고, 그것을 생업으로 삼아 살아가고픈 생각을 하게 되었다고 한다.

나는 가에데가 하는 얘기를 메모하면서 운명의 불가사의함을 종종 느꼈다.

이렇게 처지가 비슷한 두 사람이 서로를 필요로 해 만나는 신비로움을 느꼈다. 나는 식물의 힘을 빌려 사람들을 도우면서 살아왔고, 내용은 다르지만 어시스턴트 일 역시 어려서부터 해 왔다. 나설 때가 언제고 물러날 때가 언제인지, 몸으로 알고 있었다.

그리고 가에데는 할머니에 대한 경외심 속에서 자랐다.

물론 애정이 전부였지만, 그 안에는 정체 모를 힘에 대한 두려움도 조금은 있었다. 스타일은 좀 다르지만, 가에데의 할머니가 우리 할머니보다 터치가 다소 부드러울 뿐 사람의 질은 아주 흡사했다. 그래서 나는 가에데의 성격을 잘 알 수 있었다.

이 세상에 그런 것을 아는 사람은 그리 많지 않다. 그래서 더욱 가에데가 태어나서 처음 만나는 친구이며, 서로의 인생에서 중요한 등장인물과의 만남이라는 것을 알았던 것이리라.

별이 총총한 하늘 아래에서 동경했던 생활이 실현되려 하고 있었다.

그 조그만 소망이 하늘에 닿아, 어딘가에 그리고 어디에나 존재하는 거나란 힘을 살짝 움직인 것이리라. 겨울 하늘에서 휘몰아치는 싸늘한 바람이 별을 반짝이게 하듯, 화살처럼 공중을 날아간 내 소망이 하늘에 들린 것이다.

* * *

그는 입소문으로만 손님을 받았지만 그래도 실력이 있어 경제적인 어려움은 없었다. 게다가 복채는 낼 수 있을 만큼만 내면 된다고 말하기 때문에 백만 엔을 떡하니 지불

하는 통 큰 손님도 있다. 사라진 잉꼬의 행방을 봐 준 소년은 초콜릿 하나를 두고 갔다.

* * *

그날, 한 소년이 벨을 눌렀다.
내가 나가 보았다.
"동네 사람에게 듣고 왔어요. 내가 예뻐하던 잉꼬가 도망쳐 버렸는데, 좀 봐 줄 수 있을까요?"
변성기 직전의 목소리였다.
"원래는 예약을 해야 하는데, 좋아, 들어와. 가에데 선생님에게 물어볼게."
사람들 앞에서는 가에데를 선생님이라 부르는 나는 소년에게 그렇게 말하고, 가에데에게 상황을 전했다.
소년을 불러들인 가에데는 어린애 취급하지 않고 의자에 앉으라고 권했다.
"혹시 그 잉꼬 주변에 있던 거 갖고 있니?"
"깃털을 가져왔어요."
소년은 주머니에서 손수건을 꺼내 그 안에 든 초록색 예쁜 깃털 하나를 내밀었다.
가에데는 깃털을 살며시 쥐고 잠시 집중하더니 눈을 크

게 뜨고 무언가를 보듯 허공을 쏘아보았다.

"안됐지만, 피로는 천국에 가 있구나."

두 눈에 눈물이 그렁그렁 맺힌 소년이 고개를 끄덕였다.

"없어진 지 오래되었지? 겨울을 넘기지 못했어. 우리나라의 겨울은 아주 추우니까. 커다란 새니까 먹이도 많이 필요했을 거야."

늘 생각한다. 아무도 그 잉꼬가 커다란 새라는 것도, 이름도, 없어진 지 오래되었다는 것도 말하지 않았는데 가에데의 눈에는 어떻게 보이는 것일까?

이런 순간을 몇 번이나 접했지만, 늘 신기했다. 그런 힘이 전혀 없는 내게는 이만큼 신기한 일이 없었다. 그러나 사실은 거기에 묵직하고 분명하게 존재한다. 할머니가 만들어 순 차를 마시고 암을 고친 사람을 봤을 때도 그랬다. 낫지 않는 사람도 있지만 금방 낫는 사람도 있다. 사실만이 존재한다.

"이제 후련해졌어요."

소년이 말했다.

"피로가 나를 원망하지는 않나요?"

"원망은, 걱정 마. 길을 잃었을 뿐이니까. 너를 만나고 싶어 했지만, 너에게 아무런 나쁜 감정 없이 하늘로 올라갔어."

"고맙습니다."

소년은 주머니에서 일만 엔짜리 지폐를 꺼냈다.

"괜찮아. 그 돈은 저금해 두었다가 나중에 새를 사렴. 하지만 또 날아가 버릴지 모르니까, 네 방 조그만 창가에서 키워."

"네. 설날에 받은 세뱃돈으로 새를 사도 괜찮다고 했으니까, 그럴게요. 제 방에서 키울게요. 그리고 돈은 낼래요."

"그럼 아무거라도 좋으니까 네가 갖고 있는 것을 하나만 줄래. 연필이든 지우개든, 뭐든 괜찮아."

가에데는 온화한 목소리로 말했다.

"그럼, 이거. 할아버지가 홋카이도에서 사 온 거예요. 아직 안 먹었어요."

소년은 눈물을 닦으면서 가방에서 조그만 화이트 초콜릿을 하나 꺼냈다. 초콜릿에는 소박한 꽃 그림이 그려져 있었다. 가슴이 뭉클해진 나는 눈물이 나오려는 걸 참으면서 그것을 받아 가에데의 손에 건넸다.

소년이 돌아간 다음 가에데에게 물었다. 창문으로 돌아가는 소년의 뒷모습이 보였다. 책가방을 흔들면서 한 걸음 한 걸음 걸어가는 조그만 등이 보였다.

"가에데, 아무리 어린애라도 돈은 꼭 받는데, 지금은 왜 거절했어요?"

"거짓말을 했는데 어떻게 돈을 받아."

"가에데가?"

"응."

"어떤 거짓말?"

"우리끼리니까 하는 얘긴데."

가에데는 가타오카 씨에게도 손님의 비밀을 절대 얘기하지 않는다. 가타오카 씨도 그렇다는 것을 알고 절대 묻지 않을 것이다. 가에데에게 어시스턴트가 필요한 까닭은 비밀을 공유할 사람이 없으면 몸이 무거워지기 때문이라고 생각한다. 그래도 가에데가 내게 상담 내용을 얘기해 주는 일은 드물었다. 다만 살아 있는 인간이 정작 필요할 때 어떤 얘기든 할 수 있는 사람이 곁에 없으면 이런 일을 하기가 쉽지 않으리라고 생각힌다. 꼭 말을 하신 않더라도 누군가와 무언가를 조금만 공유해도 사람은 마음이 가벼워진다.

"최근에 그 아이 엄마 아빠 사이가 좀 안 좋았어. 크게 싸우다가, 그 아이 아빠가 엄마를 확 밀었는데 새장 위로 쓰러지면서 새가 깔려 죽은 거야. 두 사람 다 새가 없어진 걸 알고 슬퍼하는 아이의 모습을 보면서 크게 반성했으니까, 새를 다시 키워도 또 그런 일은 없을 테지만, 아무튼 그때 두 사람은 아이에게 새가 날아가 버렸다고 거짓말을 했어."

"어머나, 세상에."

"세상에는 더 잔인하고 혹독한 일이 많지만, 이렇게 사소한 괴로움도 싫기는 마찬가지로군. 이 경우에는 그렇게 나쁜 사람들은 아닌데, 어쩌다 보니까 그런 일이 생겼고 가장 보잘것없는 생명이 희생되었어."

"그래도 그 아이, 앞으로 어른이 될 때까지 새를 키우면서 새와 함께 더 행복해질 수도 있잖아요."

"그러니까 거짓말을 한 거지."

"나쁜 거짓말은 아니잖아요. 그런데 그 아빠하고 엄마 관계가 다시 어긋날 조짐은 없었어요?"

"그건 왜?"

"결국은 정해진 대로 된다는 것을 아니까. 하지만 아이가 착해서 마음에 걸려요. 그런 게 인정이란 거 아니겠어요?"

"그래, 나도 늘 그렇게 생각해. 그리고 또 늘 상처를 받지만. 그래도 그 아이네는 별일 없을 거야. 그냥 어쩌다 그런 일이 벌어졌다는 느낌이야. 하는 일이 순조롭지 못해서 쌓인 아빠의 울분이 가정을 어둡게 뒤덮고 새의 생명을 빼앗은 거야. 하지만 두 사람 정말 많이 반성했으니까, 그리고 아마 그 아이 생일 선물로 새를 사 줄 거라는 느낌이 들었어. 잔인한 마음으로 새를 비틀어 죽인 게 아니고 그냥 사고였어. 그 가족에게서 동물을 좋아하는 오라(aura)가

느껴져. 그리고 그 아이도 오래 집에 머물지 않고 자립을 하게 될 것 같아."

"다행이네. 그보다 심한 일들이 많잖아요."

"그 아이의 인상을 봐서도 그렇게 심한 부모는 아니야."

"그럼 더 심한 사람들도 많이 와요?"

"오기는 오지만 대개는 발길을 끊지. 내가 할 수 있는 일이 아무것도 없달까, 맞지 않는달까, 요컨대 수비 범위 안에 있지 않은 사람들은 끝내는 인연이 끊어져. 그렇게 되는 게 당연하다고 생각해. 세상에는 이런저런 다양한 일들이 많은데 그 전부를 다루려 한다면 그것 역시 오만일 거야."

"응, 가에데에게는 조그만 일들을 차곡차곡 쌓아 가는 동네 상담소 같은 소박한 게 어울려요. 기울이는 마음만큼 돌아오는 빛이 있는 따끈따끈한 일 말이에요. 살인 사건이나 치정 관계 뒷조사 같은 건 안 어울려요."

"치정 관계 뒷조사는 하지 않지만, 그 비슷한 의뢰들은 많이 들어와. 언젠가 여행을 하면서 고대의 보물을 찾아내고 바다 밑에서 신전을 발견하는 그런 일을 해 봤으면 좋겠어."

가에데는 웃으면서 그렇게 말했다.

곁에서 보아도 사람이 지닌 물건에서 전해지는 것이 늘

멋지고 좋지만은 않다. 거짓말과 비밀과 어둠. 뒤틀린 가족관계 때문에 얽히고설킨 생각과 친절함의 이면에 숨어 있는 시샘들.

그래도 가끔은 그 안에 첫눈처럼 반짝거리는 마음의 빛이 마치 보물처럼 묻혀 있다. 아무리 하잘것없는 상담에도, 아무리 흔해빠진 애증극에도 무언가 아주 아름다우면서도 허망한 것이 숨어 있다. 질퍽질퍽한 진흙탕 속에서 그런 것을 찾아내고, 또 그런 것이 반드시 있음을 믿는 것이 가에데의 일이다.

"책이 출판되어서 그런 일거리가 들어오면 좋겠다."

나는 그렇게 말하고 웃었다.

가에데도 재미있다는 듯 웃었다.

"발견된 유물로 고대의 문화와 생활상을 추측하다 보면 상당히 즐거워. 그 사람들이 어떻게 멸망했는지도 상상할 수 있는데, 괴롭기는커녕 오히려 묘한 용기가 샘솟지. 옛날에 폼페이에 갔는데, 단편적인 정보와 광경 들이 잇달아 보여서 시간과 공간이 뒤죽박죽되고 말았어. 머리도 어질어질했는데, 그래도 재밌었어. 갖가지 것들을 보고 느끼느라 머리가 좀 이상해지는 듯했지만 전혀 불쾌하지는 않았지. 순간적으로 멸망했기 때문에 그런 것들이 너무도 생생하게 남아 있어서일 거야."

"폼페이라. 어떤 곳인지 상상도 안 되네요. 난 산이 아닌 곳은 선인장 공원밖에 못 가 봤으니까."

"그런 일거리가 들어오면 데리고 갈게."

"몰타 섬에는 한번 가 보려고 하는데."

"그곳에도 멋진 유적이 있는 모양이던데."

"폼페이가 이탈리아던가요?"

"응. 여름 휴가 때 가타오카하고 나폴리에 갔다가 거기도 들렀지. 지금도 모퉁이에서 사람이나 말이 돌아 나올 것 같았어. 시원스러운 큰길에서는 정말 기분이 상쾌했고, 건물의 배경은 새파란 하늘이었지."

"그렇게 상쾌한 큰길이 이 부근에도 있으면 좋을 텐데."

나는 말했다.

"그런 길에서 빵을 사고 음료수를 마시면서 지나가는 사람들을 구경해 봤으면 좋겠다."

"말도 다녔고, 창녀도 있었고, 빵가게와 찻집도 있었대. 그곳은 아주 번화하고, 하늘은 높고, 소박한 생활의 행복이 있었을 거야. 화산 폭발 때문에 영원히 갇히고 말았지만, 지금 우리에게 그 무렵의 생활을 다시 보여 주고 있어. 언젠가는 모두가 그런 시간의 흐름 속에 녹아든다는 것을 순순히 받아들이게 하는, 그런 장소였어."

* * *

　가에데에게는 실제로 후원자가 있었다. 성이 가타오카인 그 사람은 한 해의 절반은 피렌체에서 살고, 일본과 이탈리아 양쪽에서 점술가 에이전트를 운영했다. 일본에서는 비정기적으로 점술 학원을 개설하고 그 운영도 하는 상당한 재력가였다.

　가타오카 씨는 이탈리아를 상대로 무역업을 했던 할아버지와 아버지가 점술가에게 지속적으로 상담했기 때문에 부를 축적했다고 믿었다. 그래서 개인적인 관심도 있는 데다 그 은혜에 보답도 할 겸 일본에서는 뒤처져 있는 그 분야에 부모가 남겨 준 재산을 사용하겠노라 결심하고 사업에 뛰어들었다고 한다.

　가에데도 그 학원을 다녔다. 그리고 나중에 강사로 나와 달라는 부탁을 받았다고 한다.

　오직 신념 하나로 재산을 둘러싼 피 튀기는 싸움을 이겨 낸 때문인지 가타오카 씨는 성격이 몹시 고집스러웠다. 인상도 결코 좋지는 않았지만, 눈은 맑고 생각했던 것보다 돈에도 추잡하게 굴지 않았다. 지나치게 예민해서 재능을 펼치기 어려운 점술가들에게는 그들의 재능을 지켜 주기 위해서만 돈을 받았다. 그리고 필요 이상 갈취하거나 실력은 별로 없는데 돈만 받아 챙기는 일은 절대 하지 않았다.

내 입장에서는 그런 점만 가지고도 좋은 사람이었다.

하지만 딱히 직관력이 뛰어나지는 않아 나를 그저 가에데를 좋아하는 아가씨 정도로만 여기고 질투하면서 늘 심술을 부렸다.

그럴 만도 하다. 온 동네, 아니 온 일본에 가에데의 팬이 널려 있어서 늘 손수 만든 선물이다 도시락이다 과자다 편지다 잠복이다 하는 것들이 가에데의 생활을 뒤덮고 있었기 때문이다.

눈은 잘 보이지 않지만, 그런대로 괜찮은 독신에 젊은 초능력자. 여자에게는 이 정도로도 충분하다.

나는 짝사랑에 빠진 사람이 뿜어내는 악취가 정말 싫었다.

산속에서 살 때부터 변함없이 그렇다. 그것은 독한 냄새로 쇠사슬처럼 상대를 얽어맨다. 나는 산에서도 자신에게서 그런 냄새가 나면 당장에 상대를 만나지 않았다.

신기하게도, 가에데는 아무리 좋아해도 내게서 그런 냄새가 나지 않았다. 가에데를 생각할 때 내가 풍기는 냄새는 늘 할머니를 생각할 때 풍기는 냄새와 똑같았다.

그런데도 가타오카 씨는 나를 처음부터 의심하고 들었다.

그렇다고 "이것 봐요, 쇠사슬 냄새가 아니고, 할머니를 생각할 때 나는 마른 햇살 냄새잖아요!" 하면서 냄새를 맡아 보라고 할 수도 없어 오해는 좀처럼 풀리지 않았다.

가타오카 씨는 나를 늘 매정하고 무례하게 대했고, 무슨 벌레처럼 취급했다. 얼마나 시간이 지나야 오해가 풀릴지, 요즘 들어서는 나도 성가셔졌다.

* * *

일을 시작하고서 얼마쯤 지난 어느 날 아침, 출근을 했더니 아직도 집 안이 캄캄했다. 나는 불을 켜고 설거지를 하면서 잠시 시간을 보냈다.

가에데의 방에서 인기척이 느껴져 노크를 하고 문을 열었더니, 가타오카 씨와 가에데가 한 침대에서 알몸으로 쿨쿨 자고 있었다. 나는 수염이 희미하게 돋은 두 사람의 잠든 얼굴을 물끄러미 바라보며 그 평온함을 이해하고서 "어머나."란 소리만 하고는 방에서 나왔다.

편안하고, 건전하고, 달리 갈 곳 없고, 그 방 안에만 있는 따뜻한 잠이 반짝거리는 빛에 싸여 있었다.

이 방에서 한 걸음 나서면 둘에게는 무수한 적이 있다. 특별한 장사를 하는 데다 게이에 앞도 보이지 않는 가에데. 인간의 고뇌로 돈을 버는 일이 생업인 데다 살면서 온갖 신산을 겪어 성품은 나쁘지 않은데 인상이 험악한 가타오카 씨.

이 방에서만 둘은 어린애 같은 자신으로 돌아가 잠들 수 있다. 포근한 낙엽과 잔가지와 이런저런 것으로 엮은 둥지. 그렇게 생각하자 나는 무척이나 푸근한 기분이 들었다.

남자와 남자가 함께 잔다. 별다른 충격은 없었다.

할머니에게도 그런 고민을 안고 있는 사람들이 종종 찾아왔다. 할머니는 이렇게 말하면서 마음을 안정시키고 죄책감을 완화시키는 차를 처방해 주었다.

"그렇게 태어났으니까 그 사실을 받아들이고 살아갈 수밖에 없지. 모든 사람이 생식 활동으로 자손을 늘려 나가야 할 필요는 없으니까. 무엇보다 그렇게 태어났으니까, 이런저런 고민을 하느니 괴롭지 않게 사는 길을 생각하는 게 좋을 거야."

나는 그렇게 편견이 없는 할머니가 자랑스러웠다.

* * *

그리고 나도 세상에서 흔히 불륜이라 일컫는 짓을 하고 있다.

산에서 나를 마음에 둔 남자가 없었던 것은 아니지만, 하루하루가 너무 바빠서 사귈 틈이 없었다. 새벽 다섯 시에 일어나 열두 시간 이상 노동을 하니까, 데이트까지 할 체력이 남질 않았다. 딱 한 번 사냥꾼의 아들과 사귄 적이 있는데, 할머니가 예감한 대로 그는 산에서 내려가 도시로 떠난 뒤로 돌아오지 않았다. 그리고 풋풋한 육욕은 분주한 나날에 뒤섞여 사라져 버렸다. 이제는 그의 얼굴조차 기억나지 않는다.

내가 지금의 이 차분한 사랑에 빠진 까닭은, 그가 그때 나를 에워싸고 있던 고독한 기운을 조금도 해치지 않은 채 살며시 몸을 기대 왔기 때문이리라.

* * *

산에서 내려와 이런저런 신변 정리를 한 후, 어느 날 공항에서 할머니를 배웅한 나는 외톨이가 되고 말았다.

외로움에 허덕인 그때의 느낌을 나는 평생 잊지 못하리라. 외로움은 마치 돌망치처럼 딱딱하게 내 명치를 내리쳤다. 태어나서 처음, 사방 어디에도 손 닿는 사람이 없었다. 흙도 없고 공기도 탁하고 나무들도 나를 안아 주지 않았다. 지금까지는 할머니 하고 소리 내어 부르면 늘 대답이 돌아왔는데, 이제 아무도 없었다.

나는 아연해지고 말았다. 그런 상황은 상상조차 해 본

일이 없었다.

허공에 갖가지 안내 방송이 떠다니고, 여행 가방을 끌고 가는 사람도, 헤어짐을 아쉬워하는 사람들도, 바삐 전화를 거는 사람도, 느긋하게 시간을 죽이고 있는 사람도 있었다. 시끌시끌한 소리가 높은 천장에 울려 퍼졌다. 그리고 그곳에서는 모두 여행 중이었다. 나를 비롯한 모두가 인생이라는 여행을 하면서 또 다른 여행을 즐기는 어중간한 장소였다.

통로 한 귀퉁이에 놓인 커다란 파키라 화분이 눈에 띄었다. 나는 파키라에 살며시 몸을 기댔다. 그리고 그 앞에서 전해지는 따스함에 몸을 맡기고, 살짝 울었다. 그런데 눈물은 하염없이 흐르고 산이 그리운 마음도 점점 사무쳐, 나는 한참이나 그곳에서 울었다. 공항이니까 여기저기에 헤어지는 장면이 있어, 우는 사람이 있는 것도 그리 부자연스럽지 않았다.

그리고 보였다. 파키라가 감싸 안듯 황록색 빛을 뿌려 호기심에 찬 외부의 눈길에서 나를 격리시켰고, 그 한없이 부드럽고 신비로운 빛이 요람처럼 나를 흔들어 주었다. 처음 만나는데 어쩌면 이렇게 친절할까, 하고 생각하자 내 안에 점차 에너지가 충전되었다.

그리고 마침내 나는 무엇엔가 이끌리듯 일어섰다. 파키

라에게 고맙다고 말하고, 공항 안에 있는 우동집에 들어가 따끈한 카레 우동을 먹었다. 위가 채워지자 몸에 온기가 돌았다. 그러자 심장이 쿵쿵거리고 땀이 배어 나왔다.

그렇지, 몸이 살아 있으니까 나도 살아가야지, 하고 생각했다.

마음이 약해졌을 때는 몸이 분발해 주고 몸이 약해졌을 때는 내가 지혜로 해결해 줄 수 있다. 지금은 내 마음이 불안하고 약해졌으니까, 우동 한 그릇에 몸이 이렇듯 열심히 일하면서 기운을 북돋워 주는 것이다. 그렇게 생각하면서 마치 타인의 손을 꼭 잡듯 스스로 내 손을 꼭 잡았다.

* * *

그리고 나는 할머니가 없는 썰렁한 아파트에서 새 생활을 시작했다.

처음에는 너무 외로워서 밥도 넘어가지 않았다.

혼자서 밥을 지어 먹는다는 것은 상상도 못한 일이었다. 밥솥을 올려놓고 불을 켜는 것도 나, 양념을 하는 것도 나, 먹는 것도 나 혼자라니 만든 음식에서 내 맛이 날 게 뻔했다.

그런 일에는 아무런 재미도 없었다.

그래서 동네 술집 부부를 만나기 전의 한동안은 그저 냉

장고 앞에 서서 뭘 조금 입에 넣는 정도였다. 운동을 하지 않아 근육이 풀어졌고, 몸무게도 갑자기 줄었다.

할머니가 날마다 보내 주는 이메일에는 몰타 섬의 날씨와 선인장 얘기뿐이었다. 할머니는 내 상태를 충분히 알고 있었을 테지만, 자칫하다가는 오히려 화가 될 것도 알고 있으니까 자상한 위로의 말은 쓰지 않았다. 다만 언제든 할머니는 가족이라는 말은 썼고, 사실은 얘기하고 싶었을 새 생활의 재미와 힘겨움에 대해서는 내가 안정을 찾을 때까지 한마디도 쓰지 않았다.

나는 지금까지 살았던 곳과 멀리 떨어진 새 환경에서 서로가 애쓰고 있으니까 나만 괴롭다는 생각은 하지 말자고 생각했다.

그래도 외로움은 가시지 않고 할 일도 없어서, 뒤처지면 안 되겠다는 생각에 선인장과의 교류에 더욱 힘쓰기로 했다. 근처에 있는 공원에 가거나 선인장이 많은 화원에 가서 얘기를 들어 보고 화분도 몇 개 더 사 와 할머니가 두고 간 것과 함께 꼼꼼히 관찰했다.

가끔 할머니의 단골손님이 할머니가 다시 개업할 때까지 내가 만든 차를 보내 달라고 해서, 그냥 있는 재료로 차를 만들어 보내 주느라 바쁜 때도 있었다. 하지만 대개는 늘 느긋하게 관찰할 수 있었다. 선인장은 보기 드물게 맑은 혼을 지닌 정령이라서, 마음을 열면 한없이 부드럽게 대해 준다는 것을 점차 알게 되었다. 가시는 주위에 상처를 주기 위해 있는 것이 아니었다. 부탁하면 둥그렇게 끝을 구부려 주었다.

* * *

그러다 어느 날 대형 선인장과 나이 든 선인장이 보고 싶어진 나는 유명한 선인장 공원에 가 보기로 했다.

처음 혼자 하는 여행에 나는 한껏 부풀었다.

평일 오후의 공원에는 사람이 거의 없었다. 드넓은 공원 안을 마음대로 돌아다니는 원숭이와 공작의 수가 더 많을 정도였다. 나는 원숭이 한 마리 한 마리와 눈을 마주치고 인사를 시도하면서 경사가 비스듬한 길을 따라 선인장 온실이 있는 쪽으로 천천히 걸어갔다.

가는 길에 지금까지 한 번도 본 적 없는 신기한 동물을 많이 보았다. 이 나라에는 없었을 생물들, 예를 들면 캥거루나 왈라비. 묘한 모습을 한 것이 개도 고양이도 곰도 아니었고, 아무리 뚫어져라 쳐다보아도 알 수 없는 타입의 동물이었다. 나는 산에서 갖가지 많은 동물을 보았지만, 그 어느 것과도 닮지 않았다. 언덕을 빙 두른 오솔길을 따라 그런 동물들이 어슬렁거리고 깡충거리는 모습을 보자니, 꿈을 꾸는 기분이었다.

그리고 카피바라니 파카라나니 비스카차니 하는 거대한 쥐 같은 동물들. 동글동글하고 영리해 보이고, 절대 이 나라의 동물은 아닌 것들. 나는 외국을 여행하는 기분으로 낯선 그들을 한참이나 관찰했다.

알록달록하고 가녀리고 자그마한 원숭이들, 푸른 배경에 선명한 색으로 도드라진 새들.

모든 것이 그저 신기해서 속으로는 코피가 터질 정도로 흥분했지만, 혼자니까 요란을 떨 수도 없어서 터벅터벅 걷기만 했다.

그리고 비록 인공적인 자연이기는 하지만 나무가 많은 곳에 있으니 마음이 푸근해졌다. 마치 금시막하고 부드러운 천에 싸여 있는 기분이었다. 흙이 있는 곳이면 아무리 좁아도 생물이 사니까 그 총체적인 힘의 일부가 될 수 있을 듯했다.

선인장 온실은 식생에 따라 몇 군데가 있었다. 남미, 아프리카, 삼림형, 마다가스카르, 멕시코 등등. 그곳에서는 선인장조차 출신 지역에 따라 각자가 살았던 곳의 기후와 비슷한 환경에서 고요하게 살고 있었다. 후끈한 공기 속에서 인간의 보살핌을 받으며 하늘 높이 솟아 있는 선인장을 보자 감격의 눈물이 흘러나왔다.

그곳에도 동물만큼이나 낯선 선인장이 많았다. 희장군이니 초일출이니 옹환이니 선녀무니, 모양에 따라 재미난 이름이 붙어 있었다.

선인장을 보고 있으려니 할머니의 선견지명에 존경심이 뭉글뭉글 되살아났다.

할머니가 가려는 길이 어떤 길인지 어렴풋이 알 것 같았다. 이 세상에는 앞으로 한동안 산에서 있었던 것처럼 잔혹하고 어리석은 일이 무수히 벌어지리라. 종류가 애매한 식물은 점점 더 입수하기 어려워지고 귀중해질 것이다.

할머니는 그것이 오늘날의 대세라면 어쩔 수 없는 일이니까, 그렇다면 일본에는 애당초 없었지만 자연의 힘이 강력한 땅에서 자라다 이 나라로 건너온, 그래서 튼튼하고 집에서도 재배할 수 있는 식물의 힘을 사용하자고 생각한 것이리라. 그리고 그 조건에 가장 합당한 식물이 선인장이었다. 할머니의 싸움은 연구라는 형태로 온화하고 차분하게 오래도록 계속될 것이고, 언젠가는 나도 그것을 따르게 되리라.

온실 안에는 구십 년 된 선인장도 있었다. 마치 살아 있는 인간처럼 묵직하게 서 있어, 나는 존경하는 사람 앞에 서 있는 듯한 감동을 느끼면서 몇십 분이나 가만히 쳐다보

안드로메다 하이츠

았다.

 선인장들은 약간 시큼하고 활기와 지속력을 담은 냄새를 풍겼다.

 아직 잘은 모르지만 다른 다육식물 역시 많은 가능성을 갖고 있을 듯했다. 알로에도 다양한 종류를 보았더니 기본적인 방법 외에 여러 가지로 활용할 수 있을 것 같았다. 어떻게 배합하면 좋을지 할머니와 의논해, 알로에와 몰타 섬의 선인장으로 연고를 만들면 어떨까도 싶었다.

 나는 내 미래가 이제야 겨우 밝아진 듯한 기분이었다. 굳이 산에 살지 않아도 이렇게 하면 내 특기를 살릴 수 있다. 한동안은 도시의 숲 속에서 살아가야 할 테지만, 그래도 나를 살릴 수 있다.

 몇 번을 고맙다고 인사해도 부족하리란 심성으로 선인장과 다른 다육식물에게, 살점을 조금 얻어서 사람들을 치유하는 데 쓰려고 하는데요, 하고 전했다. 선인장들이 그 정도라면 얼마든지 좋아요, 사양 말고 받아 가세요, 라고 대답하는 듯한 기분이 들었다. 나 편할 대로 해석한 것은 아니라고 생각한다. 둥그런 선인장도 길쭉한 선인장도 납작한 선인장도 모두 나를 친절하게 대하는 느낌이었으니까.

 내 이름인 시즈쿠이시라는 선인장도 있었다. 그것은 아주 자그마하고 차돌처럼 반짝반짝 빛났다.

내게 그런 이름을 지어 준 사람이 누구인지, 할아버지인지 할머니인지, 본 적 한 번 없는 부모인지 나는 모른다. 하지만 이름에 담긴 애정이 절절하게 느껴졌다. 자그마하고 동글동글하고 고집스러운 아기였던 나를 보고, 이름을 그렇게 짓자고 결정한 마음속에는 따뜻하고 여유로운 온기가 넘실거렸을 것이다.

감개무량한 기분으로 온실에서 나온 나는 마지막으로 선인장 판매 센터에 가서 집으로 함께 돌아가 나를 도와줄 선인장을 골랐다. 넓은 센터 안을 걸어 다니면서 하나하나 충분히 음미하고 한아름 사들였다. 분갈이를 해 준 아줌마들이 반색할 정도로 많은 종류를 손에 들고 밖으로 나왔다.

"또 올게요!"

그리고 말 그대로 그 후로 툭하면 드나들게 되었다.

힘이 불끈 솟아 짐이 무거운 것도 잊고 나는 다시 공원 안을 걷기 시작했다. 공작이 갈색 빛깔 어린 새끼들을 데리고 뒤뚱뒤뚱 잔디밭 위를 걸어갔다. 어느 틈에 저녁때가 가까워져 빛이 점차 오렌지색으로 변하면서 초록 위로 눈부시게 반사되었다.

나는 세계 각지의 고대 유적을 복제한 조각상 사이를 잠시 산책했다. 세계에는 내가 본 적 없는 것들이 무궁무진하다는 것을 알고서 또 가슴이 설렜다. 언젠가 다른 여러

나라를 찾는 일도 있을까. 다른 나라에는 어떤 생물과 어떤 식물이 있을까, 하고 나는 생각했다.

그리고 출구 쪽으로 가려는데, 마침 저녁 식사 시간을 맞은 펠리컨과 마주쳤다.

여기저기서 줄줄이 나타난 펠리컨들이 모이를 달라고 졸랐다. 정말 신기한 풍경이었다. 아스팔트 길을 자박자박 걸어 오가는 펠리컨들. 담당 사육사가 전갱이를 수북이 담은 양동이를 들고 오자 펠리컨들은 한 줄로 죽 서서 던져주는 전갱이를 기다리느라 와글와글 야단이었다. 펠리컨을 처음 보는 나는 세상에 저렇게 큰 새가 있다니, 믿을 수가 없었다. 그리고 펠리컨과 인간이 그렇게 교류하는 광경을 보는 것도 처음이었다. 나도 사육사에게 부탁하여 전갱이 한 마리를 던져 주었는데, 펠리컨은 내 손바닥이라도 쫄 기세로 달려들어 물고기를 먹어치웠다. 가슴이 얼얼할 정도로 감동적이었다. 나는 저녁 식사를 끝낸 펠리컨들이 자박자박 걸어 돌아갈 때까지 그 광경을 물끄러미 바라보았다.

멀리 서 있는 복제 유적에 저녁 햇살이 비치고, 푸르른 나무들도 오렌지색으로 빛났다. 모든 것이 불타오르는 듯한 빛에 싸여, 어느 나라에 있는지 모를 만큼 장엄한 분위기를 자아냈다. 고요함 속에서 새들과 원숭이들 소리만 울렸다. 손에서는 비린내가 나고 얼굴은 햇볕에 타 화끈거렸다. 하지만 불어오는 바람은 금빛으로 머리털을 쓰다듬고 지나갔다. 때로 공작이 고개를 갸웃거리며 아장아장 눈앞을 걸어 지나갔다. 원숭이가 나뭇가지를 타고 다니면서 뭐라고 말을 주고받고 있다. 그리고 새는 저 높은 하늘을 질러 둥지로 돌아간다. 해가 떨어지고, 하루가 끝난다. 나는 선인장과 함께할 수 있어 무척 행복했다.

만남이란 그렇게 늘 무심한 순간에 불현듯 찾아온다. 그리고 평생 지워지지 않을 명장면을 마음에 각인한다.

"피가 나는데요."

갑자기 누가 말을 걸어, 나는 깜짝 놀랐다.

"네? 내가요?"

나는 벤치에 앉아 있었는데 눈앞에 작은 키에 몸짓이 유연하고 얌전해 보이는 남자가 서 있었다. 약간 비음이 섞인 가슬가슬한 목소리는 사락사락 흔들리는 낙엽처럼 부드러운 울림을 지녔다.

"아까 펠리컨에게 먹이 줄 때, 부리에 긁힌 게 아닐까요?"

그가 말했다. 고개를 숙여 보자 내 오른손가락이 살짝 갈라지고 그 틈새로 피가 스며 나오고 있었다.

"별거 아니니까 괜찮아요. 고마워요."

나는 미소를 지었다.

"그래도 펠리컨 부리에 긁혔다면, 일단은 소독을 하는 게 좋을 겁니다."

그렇게 말하면서 그는 훗 하고 웃었다. 그러자 한없는 밝음이 그의 얼굴 주위를 메웠다.

"펠리컨 부리에 긁혀서 그런 상처가 나는 게 흔한 일이 아니잖아요. 게다가 생선도 만졌고."

"그러네요. 좀처럼 없는 일이죠. 펠리컨 부리에 긁히는 일은."

나도 그렇게 말하고 웃었다.

"의무실에 가죠. 거기 가면 소독할 수 있으니까."

"이 공원 분이세요?"

"관계자이기는 하죠. 다육식물을 재배하고 있어서 자문을 받으러 산산이 옵니다. 그리고 내가 심은 선인장이 잘 있는지 보러 오기도 하고."

"그래요……."

나는 벌써부터 조금은 아연한 상태였다. 그렇게 멋진 일을 하는 사람을 알게 되다니, 난 어쩌면 이렇게 운이 좋을까. 인연이 있으려니까 선인장이 이 사람을 내게 소개해 주었을 거야, 하고 생각했다. 그는 검은 테 안경을 끼고 감색 스웨터에 청바지를 입고 있었다. 가늘고 장난스럽게 빛나는 눈에 움직임이 재빠를 듯한 몸집이었고, 식물을 좋아했다. 아직 젊은데 왼손에 결혼반지를 끼고 있어서 가슴이 좀 찌릿했다. 이런 것이 사랑의 시작일까. 사랑을 별로 해 본 적이 없는 나는 알 수 없었다.

"그럼 오 분만 여기 있다가 의무실로 갈게요. 지는 해를 바라보는 걸 정말 좋아하는데, 지금 사는 데서는 일찌감치 빌딩에 가려 버려서 별 재미가 없거든요."

"그럼 나도 그렇게 하죠. 오늘은 미팅 때문에 왔을 뿐이니까."

그의 이름은 노바야시 신이치로.

그 이름을 부르기만 해도 내 가슴은 따스해진다.

우리는 나란히, 유적을 비추면서 점점 짙은 색으로 물들어 가는 저녁 해를 바라보았다. 따끈한 캔 차를 마시고 선인장 과자를 먹으면서.

그와 함께 앉아만 있는데도 내 외로움과 고통이, 공기가 몸에서 빠져나가는 듯하던 느낌이 사라졌다. 그의 얼굴과 목소리에는 특유의 고요함이 있었고, 그 고요함이 그를 타인으로부터 멀어지게 한다는 것을 알 수 있었다. 그는 인간치고는 너무 투명했다. 아아, 선인장이 이 사람을 내게 빌려 준 거야, 하고 나는 생각했다.

나는 때로 불안해진다. 언젠가는 돌려줘야 하겠지. 저 부드러운 목소리도, 웃으면 초승달처럼 가늘어지는 따스한 눈길도, 깔끔하게 손질한 손톱도, 반짝반짝 닦은 낡은 구두도. 그런 생각만 해도 숨이 막히도록 고통스러웠다.

*　*　*

그리고 나는 그의 안내를 받기 위해 일정을 맞춰 가며 그곳을 다시 몇 번 찾아갔다.

그는 아무래도 인간보다 선인장이 더 좋은 모양이었다. 이런저런 설명을 해 주고, 선인장을 키우는 어려움과 즐거움을 어눌하게 말했다. 여름이 되어 온도가 너무 올라가면 바짝 말라 버리고, 고양이가 헤집어 놓고 까마귀가 쪼고 벌레가 끼는 등 늘 갖가지 사건이 그를 괴롭혔다. 외국에서 모종을 수입해서 키우다가 다양한 시행착오를 겪기도 하고, 도둑이 훔쳐 가기도 하고, 예기치 못한 때 꽃이 피기도 하고. 그는 그런 일들에 살아가는 보람을 느끼는 듯했다. 사람들 대부분은 그런 그를 이해하기 어렵겠지만, 나는 가에데를 이해하는 만큼이나 잘 이해할 수 있었다. 식물에 관계된 모든 것은 반드시 자연과 인간의 정신 상태와 그 밖의 온갖 것들과 이어져 있으며, 자칫 그것을 잘못 파악하면 어이없는 실수를 저지르게 되기 때문에 꼼꼼하게 신경을 써야 한다는 것도 나는 잘 알고 있었다.

말을 하고 있어도, 커다랗게 소리 내어 웃고 있어도, 그는 왠지 모르게 조용했다. 그리고 그 조용함은 투명함을 머금고 있었다.

그에게서는 아주 좋은 냄새가 났다. 햇볕을 한껏 쬐고 물기를 한껏 품은 숲 속 나무 같은 냄새였다. 나는 그 냄새를 오래도록 맡고 싶었다.

세 번째인가 네 번째 만나고 돌아가는 길, 스물여덟 살의 그는 차를 운전하면서 연상의 부인과 별거한 지 오래되었다는 얘기를 했다.

역시, 역시 그랬다. 여자가 손질하고 준비한 옷에는 반드시 독특한 향기와 빛이 담겨 있다. 하지만 그에게서는 그의 냄새밖에 나지 않았다. 그를 관찰하면서 늘 말쑥하게 옷을 차려입고 있지만 생활 속에 여자의 흔적이 없다는 것을 알았다.

"선인장 농원 사무실에서 먹고 자고 그래."

"그럼 우리 오늘 밤, 함께 자지 않을래요?"

그는 소스라치게 놀라면서 차를 세웠다. 국도 연변, 주유소가 있는 곳이었다.

저녁 해가 지금 막 떨어져 하늘은 파란색으로 물들고, 산에는 하나 둘 켜지기 시작한 불빛이 반짝거렸다. 바다는 어둡고 바람에 나부끼는 천처럼 매끄럽게 물결쳤다.

"그렇게 엄청난 소리를 하다니, 사고 내겠다."

"나 당신이 딱 마음에 드는걸, 뭐. 조금 더 같이 있고 싶고, 가끔은 누구와 함께 자고 싶기도 하고. 늘 혼자서 자니까 외롭잖아."

그렇게 말할 때 나는 머릿속에 할머니를 떠올리고 있었다. 어두운 차 안에 있는 우리를 오가는 차들의 헤드라이트가 몇 번이나 훑고 지나갔다. 할머니의 일과 목소리와 온기와, 할머니가 움직일 때 나는 소리들. 속상한 일이 있으면 나는 할머니 침대 옆에 이부자리를 펴고 할머니와 손을 잡고 잤다. 어둠 속에서 할머니의 손이 내려오면 그 따스한 촉감에 매달리듯 손을 꼭 잡고서 나도 모르게 잠이 들었다. 그런 일들을 떠올렸더니 갑자기 눈물이 흘렀다.

익숙하시 않은 도시에서 혼자 바지런히 사느라 쌓인 것이 눈물과 함께 밖으로 쏟아져 나왔다. 할머니와는 매일 메일을 주고받고, 할머니가 보내 주는 글귀에는 할머니의 진수가 담겨 있으니까 이어져 있다는 느낌은 있었다. 하지만 그것은 내가 동네 사람들하고 얘기하며 지내는 것과는 다른 차원의 일이었다.

선인장 얘기를 할 수 있고 인간을 싫어하는 신이치로 씨는 그런 나를 이해했다. 그때 그가 품었던 어두운 욕망의 불길과 마치 어린애가 있는 부모 같은 자애로움은 그 분량이 엇비슷했다.

그는 마음을 굳힌 표정으로 내 어깨를 어루만졌다.

"나라도 괜찮다면 좋아. 당신 같은 사람은 둘도 없으니까. 그래, 손을 잡고 자자. 아침에는 밥도 같이 먹고."

그 모습이 흡사 어린애를 어르고 달래는 것 같았다.

"응, 하지만 나 불륜은 싫으니까, 숙박부에 이름 적을 때는 내 남편이 되어 줘."

"그럼 우리 시즈쿠이시라고 할까. 성을 말이야."

그런 말을 할 정도니 그 역시 내게 꽤 빠져 있었던 것이리라. 여느 때 같으면 '그 무슨 창피한 소리를'이라 생각했을 나의 제안에 그는 순순히 고개를 끄덕였다.

우리는 노부부처럼, 조금도 과하지 않게 사귀기 시작했다.

신이치로 씨와 있을 때의 차분함은 처음 만난 날의 저녁 해처럼 나의 모든 것을 사로잡았다. 하는 얘기는 하나같이 선인장 얘기였다. 흙을 체에 거르고 화분갈이를 하느라 늘 허리가 아팠던 그는 내가 만들어 준 차를 마시고 통증이 완화되었다.

우리 둘은 늘 같은 여관에서 만났다. 그리고 함께 밥을 먹고 함께 온천욕을 하고 함께 잤다. 아침에 일어나면 선인장을 보러 다니면서 친숙해진 직원과 동물 들에게 인사를 했다. 그는 사람들이 뭐라 여기든 상관없다고 생각하고 있어서, 그 동네에 있을 때는 팔짱을 끼고 당당하게 걸었다. 그리고 리프트를 타고 산에 올라가, 높은 곳에서 움푹 파인 칼데라와 저 멀리 부연 거리를 내려다보면서 이런저런 얘기를 나누었다. 그리고 산책을 하고 점심을 먹고 역에서 헤어졌다.

"지금까지 늘 외롭게 지내 왔는데, 이렇게 만날 수만 있어도 살아갈 수 있을 것 같아."

그는 눈물을 보이며 그렇게 말했다.

그의 부인은 도시 생활을 좋아하는 평범한 여자인 듯했다. 부인은 그의 조용함이 마음에 들어 적극적인 공세를 펼쳤고, 열여덟 살이었던 그는 그녀의 명랑함에 끌려 결혼을 했는데 끝내는 그 명랑함에 지쳐 따로 살게 된 모양이었다. 그다지 알고 싶지도 않은데 묻기도 그래서 그 이상은 아무것도 묻지 않았다. 그들 사이에 아이가 있는지 없는지조차 나는 모른다. 아마도 없고, 없으니까 오히려 이혼하지 못하는 것이라는 느낌이 들었다.

하지만 물론 나도 조금은 바랐다. 언젠가는 이혼하고 나와 결혼해 주지 않을까 하고. 그가 죽을 때까지 신에게 그를 돌려주지 않아도 된다면 좋을 텐데 하고.

우리 둘은 가공의 공간에 시즈쿠이시라는 문패를 단, 눈에는 보이지 않는 둘만의 집을 차곡차곡 지어 나갔다. 그곳에서 한 걸음만 밖으로 내디뎌도 마법이 풀려 버려 우리는 그곳에만 계속 있어야 했다. 가만히 힘을 모으고, 절대 그 생활을 바꿔서는 안 되었다. 그러면 그곳에서 언제까지 둘이 함께 있을 수 있었다.

눈에 보이지 않는 그 집은 둘이 쉬기 위한 공간이며 기도의 도장이며 서로에게 서로의 가장 선한 부분을 보여 주기 위한 장소였다. 그 조용함은 산속 생활보다 한결 더해서, 자신의 귀가 울리는 소리까지 들릴 정도였다. 바꿔 말하면 그곳에서만 성립될 수 있는 위태로운 사랑이었다.

그 집에서 자리를 차지할 수 있는 것은 선인장뿐이었다.

하지만 그만 선인장과 얘기할 수 있는 것은 아니었다. 여자는 보다 섬세한 부분까지 알아듣는다. 선인장은 외로운 내게 그를 빌려 주었지만, 내가 더 이상 그를 필요로 하지 않으면 언제든 되찾아 갈 것이다. 그것은 우리의 판단을 넘어서는 거대한 흐름이다. 애틋함도 괴로움도 정도 큰 힘을 지니지 못한다.

그래서 나는 더더욱 조용하게 그 사랑을 이어 나갔다. 일을 하듯 정확하게, 보이지 않는 벽돌을 하나하나 쌓아 올리면서.

내 꿈은 언젠가 나나 그가 죽었을 때, 어느 한쪽이 여관에 오지 않아 비로소 죽음을 아는 것이다. 그때까지 조용하게 이 사랑을 계속할 수 있다면 가장 바람직하다. 몸도 건강하고 스스로 이동할 수 있고 여관에도 다닐 수 있는 노인이 되고 싶다.

그리고 둘 중에 누구든 오지 않으면 그때는 이미 죽은 것이라 여기고, 둘이 늘 그랬던 것처럼 온천욕을 하고 밥을 먹고 함께 잠들듯 조용히 잠을 잔다. 그것이 서로를 향한 추모가 되는 그런 만남을 계속하고 싶다.

* * *

"시즈쿠이시, 너 성격 진짜 암울하다!"

나는 나 자신에 취해 멋진 이야기를 들려준다는 기분으로 내 연애 얘기를 했는데, 가에데는 정말 놀랍다는 듯 말했다.

"젊은 여자가 그런 생각이나 하고 말이야!"

"질투하는 거예요?"

내가 그렇게 놀리자 가에데는 손을 휘휘 저으며 말했다.

"노인네들이나 하는 그런 연애를 어떻게 들어 줘."

가에데는 그런 말로 얘기를 끝내고 말았다.

하지만 내게 그 연애는 정말 적당히 좋은 연애였다. 아름다운 것을 상상하고, 그 범위 안에서만은 상상이 이루어지는, 그런 상황이 나처럼 사실은 편협한 여자에게는 어울리는 것이다.

"내가 뭐! 가에데야말로 건방이나 떨고 심술이나 부리는 아저씨하고 연애하면서."

나는 악을 썼다.

"그 사람을 나쁘게 말하지 마. 까다로운 구석이 있기는 하지만 아주 좋은 사람이야. 너는 아직 잘 몰라. 사람이 너무 좋으면 온갖 일들이 다 아파서 문을 좁힐 수밖에 없다고. 여기서 지내다 보면 너도 아픔을 통해서 그가 얼마나 좋은 사람인지 알게 될 거야. 내가 보기에 그 사람의 문 안은 천국이야. 꽃이 피어 있고 날씨도 좋고 소슬바람이 불어오고. 공기는 맑고 신선하고, 모든 것이 눈물이 나올 정도로 순수하고 착해."

가에데의 말에 나는 그렇게 타인을 칭찬해 주는 당신이 좋은 사람인 거야, 하고 애처롭게 생각했다.

한편 가에데 말이 그렇다면 정말 그런 것이라고 진심으로 생각할 수 있었다. 신뢰의 단순한 모습은 바로 이런 것이리라. 열광적으로 믿는 게 아니다. 나는 내 눈으로 보고 내 귀로 들은 것 전부를 통해 가에데가 하는 말을 신뢰한다.

"가에데가 그렇다고 하면 정말 그런 거겠죠 뭐. 그래도 나는 노인네들처럼 사귀는 건 아녜요."

"쳇, 그 사람 진짜 부모는 아니지만 역할이 시즈쿠이시의 부모잖아. 부모가 아니고 뭐겠어? 그런 건 연애가 아니야."

가에데는 가여운 것이라도 보는 눈빛으로 그렇게 말했다. 그 사소한 친절이 감동스러웠지만, 그래도 하고 싶은 말은 했다.

"난 부모가 없으니까 그래도 별 상관없잖아요. 타인에게서 부모의 역할을 추구한다고 해도 어느 정도는 용납될 거라고 생각해."

"하기야, 그건 그렇다."

가에데가 수긍을 해서, 그 얘기는 그렇게 매듭지었다. 언제나 우리의 대화는 수긍과 납득으로 끝난다. 그런 관계가 진정한 친구이리라.

* * *

담당 편집자에게 원고를 건네는 날 밤, 가에데의 집에서 그간의 노고를 위로하는 자리를 마련한다고 했다.

애당초 가타오카 씨가 한 제안인데 나까지 오라고 하다니 뜻밖이었다. 나는 음식을 만들면서 이것저것 집어만 먹어도 만족하니까, 저녁 준비를 해 달라고 하면 늘 만들면서 집어만 먹다가 그냥 집에 가 버리곤 했다. 어시스턴트인 내가 연인들의 저녁 자리에 동석하는 게 껄끄러워서이다. 그런데 그날은 가타오카 씨가 내 수고에 고마움을 표하고 싶다고 꼭 오라고 했다는 것이다.

가에데의 집 부엌에도 조금은 애착이 움텄다.

가에데가 귀국하면 나는 다시 스태프로 들어가게 될 것이다. 그때까지는 술집에서 아르바이트를 하든 남은 밥을 얻어먹든 하면 된다. 나는 희망에 넘쳤다. 만약 가에데가 거기에 더 오래 머물 예정이라면, 여비를 모아 어시스턴트로 따라가자. 그래도 나와 신이치로 씨의 소박한 연애는 소박하게 지속되리라. 그렇게 생각했다.

아무튼 내게는 가에데가 회사고 상사고 나의 일이었다. 가에데를 따라가자. 그렇게 마음먹자 홀가분해졌다.

하지만 나의 그런 결정에 가타오카 씨가 또 얼마나 투덜거릴까를 생각하면 뭐라 말할 수 없이 귀찮았다.

그 밤에 나는 신나게 재료를 사 들고 와, 파에야를 만들었다.

조개와 닭고기를 주재료로 해서 두 가지 요리를 만들기 위해 새우를 손질하고, 파슬리와 마늘을 자르고 다지고, 올리브 오일의 맛을 보고. 할 일이 많아서 가타오카 씨가 왔을 때 현관에 조금 늦게 나가고 말았다.

"너는 마누라가 아니고 가정부잖아? 왜 나를 기다리게 하는 거야, 어?"

그가 느닷없이 그렇게 소리를 버럭 질러서 나도 속이 뒤집혔다.

"난 가정부가 아니라 어시스턴트입니다."

그래도 고분고분하게 그렇게 말했다.

나를 꼭 오라고 했다는 사람의 입에서 나온 말이라니, 어처구니가 없었다. 만약 가타오카 씨와 다른 형태로, 가령 차를 사러 온 사람으로 만났다면 나쁜 사람이라는 인상까지는 받지 않았을 것이다. 다만 그는 가에데 일이라면 치명적으로 격렬해졌다. 아무도 근접하지 못할 만큼 뜨거운 불길로 가에데를 사랑하니까.

"그리고 가타오키 씨는 보소 열쇠가 있으니까 그냥 들어와도 되잖아요. 현관에서 기다릴 거 없이."

말이 나온 김에 그렇게 말했다.

"너하고 가에데가 키스라도 하고 있으면 어쩌라고!"

가타오카 씨는 정말 그런 일이 있을 수도 있다는 표정이었다.

"그런 일은 없어요, 절대. 이제 그만 의심해요."

나는 침착하게 말했다.

"너 말이지, 여자도 아닌 척하고 있는데, 명실상부한 여자라고! 난 알아. 아, 냄새. 아, 이 여자 냄새."

서로가 영향을 주고받는지 아니면 비슷한 종족이라서 함께 어울리는 것인지, 아무튼 가타오카 씨에게는 심술궂고 신랄한 가에데의 어느 한 부분을 쏙 빼닮은 불쾌한 복제품 같은 면이 있었다.

나는 어디까지나 기품 있고 평화로운 정경을 상상하고 있었다. 심플한 캐시미어 스웨터를 입은 가타오카 씨가 역시 캐시미어로 된 코트를 벗어 내게 맡긴다. 나는 그를 거실로 안내해 소파에 앉으라고 권하고, 샴페인과 함께 오일에 절인 올리브를 조그만 접시에 소복이 담아 테이블에 내놓는다. 초대해 준 그에게 고마움을 표하기 위해 그의 취향에 맞춰 완벽하게 세팅한 장면이다.

그런데 얼굴을 마주하자마자 그의 입에서 다짜고짜 욕설이 튀어나왔던 것이다.

"나, 산에서 내려온 지 얼마 되지 않았기 때문에 그나마 참는 거예요. 내년에는 진짜 화낼 거니까."

"흥, 여자 냄새 풍풍 풍기면서 가에데에게 꼬리나 치고 말이야."

이런 사람이 용케 불특정 다수의 학생이 찾아오는 학원 원장을 맡고 있군, 하고 나는 거의 감탄스러워했다.

* * *

그날 밤에는 가에데의 집에서 묵으면서 뒷정리를 하기로 했다. 아침 일찍 손님이 몇 명 오기로 예약이 되어 있었고, 그런 일은 지금까지도 몇 번 있었다. 이런 때 나는 가에데의 방 옆의 옆에 있는 조그만 손님방에서 잔다.

가에데의 집에서 잘 때는 늘 가슴이 설렜다.

나는 어린 시절에 또래 친구가 없었는데, 만약 그런 친구가 있었다면 이런 기분으로 놀지 않았을까 하고 생각한다. 밤늦게까지 음악을 듣고 수다를 떨다가 침묵하고, 차를 끓이고, 저녁때 마시다 남은 포도주를 따끈하게 데워 꿀과 정향을 넣어 마시면서 몸을 데우고, 목욕을 한 후에는 살짝 군것질을 하고. 내게 그런 일을 함께 할 수 있는 사람은 할머니뿐이었다.

술집에서 주인 부부와 수다를 떠는 것도 훈훈한 일이기는 했지만, 그들이 얘기하는 텔레비전 프로그램이나 동네 사람들에 관해서 나는 거의 아는 것이 없었다. 관심도 없고, 그저 온천욕을 하듯 그 흥겨운 분위기에 잠겨 있을 뿐이었다. 그런데 가에데는 달랐다. 가에데와 함께 있으면 할머니와 생활하던 때의 즐거웠던 기분을 떠올릴 수 있었다.

별이 총총한 하늘 아래, 밤은 끝이 없다. 그런 기분이 되살아났다. 자신의 땀구멍에서 즐거운 에너지가 송송 배어 나오는 듯한, 그래서 몸이 간질간질한 느낌이었다.

하지만 가타오카 씨가 있으면 또 달랐다. 그는 집 안에 방해꾼이 있다는 것조차 까맣게 잊은 듯이 줄곧 나를 무시했다.

늦은 밤, 잠들기 전에 캐모마일 차를 마시기 위해 물을 끓이고 있는데 가타오카 씨의 커다란 목소리가 들렸다. 문이 열려 있는 모양이었다.

아니면 나더러 들으라는 뜻인지도 모르겠다. 아무튼 차를 가져다 주려던 나는 당황했다.

"왜 저런 여자를 한 집에서 살게 하는 거야? 오기가 껄끄럽잖아."

그가 고함을 질렀다.

밤 한 시였다.

그 말이 총알처럼 날카로워, 한마디 한마디가 빠짐없이 귀로 들어오고 말았다.

"뭐가 어때서. 여긴 내 집인데."

가에데는 침착하게 말했다. 그의 목소리는 그리 크지 않아도 내게는 잘 들린다. 사랑의 힘 때문이리라. 책을 위해 메모를 하는 동안, 아무리 작은 소리라도 놓치지 않으려고 늘 그의 목소리에 귀를 기울였다.

나는 살며시 일어나 벽에 귀를 갖다 댔다. 비참한 내 모습에 눈물이 나올 지경이었다. 가타오카 씨 말대로, 실은 그와 자고 싶은 건가? 함께 살고 싶은 건가? 결혼하고 싶은 건가? 그리고 가에데의 아이를 낳고 싶은 건가?

몇 번이나 자문했다. 하지만 대답은 늘 달랐다. 나는 그의 에너지가 미치는 공간에 함께 있고 싶을 뿐이다. 그리고 내가 오랜 세월에 걸쳐 터득한 어시스턴트의 기술을 살려서 사람을 돕고 싶은 것이 전부였다. 나는 가에데를 사랑하지만, 신이치로 씨를 사랑하는 것과는 모양이 다르다. 그렇게 절실하게, 그저 그 사람이 살아 있어 주는 것만으로도 가슴이 아릿한 그런 기분이 아니다. 신이치로 씨의 아이가 생긴다면 나는 기꺼이 낳을 것이다. 할머니에게 보여 주고, 아이를 키우며 일힐 것이다. 그리고 조금이라도 그를 닮았다면 기뻐 어쩔 줄을 모를 것이다.

가에데와 내가 그런 관계일 수 있다? 그건 전혀 실감나지 않았다.

가에데는 나의 영원한 형제이자 친구이며 스승이다. 그리고 가에데는 내 운명의 일부이다.

그런데 가타오카 씨가 오면 가에데의 관심은 모두 그에게 쏠리고 만다. 그러다 언젠가는 정말 가타오카 씨와 이 나라를 떠나 함께 사는 날이 올지도 모른다. 그렇게 되면 나는 쉬이 그를 만날 수 없어진다. 왜냐하면 가타오카 씨는 나를 싫어하기 때문이다. 그의 눈에 나는 얼굴이 곱상한 선생님에게 열을 올리는, 성욕이 넘쳐 나는 위선적인 처녀처럼 징그러운 여자로만 보이리라.

그렇지 않다고 말하고 싶지만, 증거가 없다. 증거는 내 가슴속에만 있다.

세월을 두고 이해를 구하는 것도 좋겠지만, 나는 아직 그런 결심까지는 서지 않았다. 성적으로나 생활면에서나 평범한 사람들과는 아주 동떨어진 세계로 들어간다는 결심, 둘 가운데 하나가 자신을 좋아하지 않는데 그 관계에 끼어드는 천박함을 이겨 내는 결심.

"너를 노리고 있을 뿐이라고. 그런데 짜증 안 나? 너도 혹시 마음이 있는 거 아니야?"

가타오카 씨가 그렇게 말했다.

아아, 한마디 쏘아 주고 싶다! 나는 입술을 깨물었다.

가타오카 씨의 말 따위는 내게 아무 의미도 없었다. 좋아하는 가에데와 함께하는 하루하루가 재미있어서, 그저 옆에서 보고 싶었다. 하루에 한 번이라도 좋으니까 웃는 얼굴을 보고 싶고, 기댈 언덕이 되고 싶었다. 그런 기분은 홀로 선 내 빛나는 인생과는 전혀 다른 차원인지도 모른다. 처음 만난 친구, 처음 만난 동료. 물론 나는 그 기쁨에

집착하고 있었고, 내 모든 것을 쏟아 부어도 아깝지 않을 만큼 기쁘기도 했다.

언젠가 나도 독립하면, 어딘가 먼 남국의 섬에서 아름다운 정경을 바라보며 문득 떠올릴 것이다. 그때, 가에데를 정말 좋아했지, 그리고 개인적인 생활에서는 늘 신이치로씨와 한가로운 경치를 바라보면서 행복해했는데, 하고.

그런 광경을 머릿속으로 그리기만 해도 흐뭇하고 가슴이 뭉클해진다. 단지 그런 행복이었다. 그 사람들은 선인장이나 일과 마찬가지로 내 행복한 인생에서 빼놓을 수 없는 부분으로 빛날 뿐이니까 역할을 바꿀 수는 없다.

"난 말이지, 그 여자가 마음에 들어. 자기 중심도 있고, 성격도 잘 맞고, 머리도 좋고, 같이 있으면 재미있어. 아주 맑고 좋은 사람이라고."

"너를 좋아하는 여자가 바로 옆에 있는데, 그걸 보는 내 기분이 좋겠어?"

"알아, 나를 좋아하기는 하지."

"그렇다는 것까지 알면서 왜?"

그쯤에서 나는 이제 그만 해, 난 당신 같은 사람 하나도 좋아하지 않는다고, 그거 자의식 과잉이야! 하고 소리치고 싶었다. 둘 다 마치 십대 소녀들처럼 로맨틱한 소리를 해대는데, 나는 전혀 그렇지 않다. 남자들은 왜 나이를 먹어도 저렇게 순정파들인 것일까.

"같이 있으면 서로 활기가 되살아나. 나는 그 여자하고 자도 별 상관없다고 생각해. 하지만 그러면 이 즐거운 시간이 끝나 버리잖아. 서로 좋아한다는 것은 알지만 몸은 반응하지 않으니까 어린애들처럼 지낼 수 있는 거야. 영원히 계속되는 여름방학을 즐기는 어린애들처럼 말이야."

"어차피 언젠가는 어떤 형태로든 끝날 거 아냐."

"그러니까 지금 이대로 지내다가 자연스럽게 끝나면 되잖아. 괜히 옆구리 찌르는 거 아냐? 우리 둘 사이에 그런 일 벌어지라고. 정말 촌스럽다. 그런 식으로 애정 확인하는 거, 집어치워."

"내 눈에는 너희 두 사람, 하고 싶은데 억지로 참고 있는 위선자들로밖에 보이지 않는다고."

"그게 아니야. 정말 미묘하게 다르지만, 달라. 더 좋은 느낌이야. 구름처럼, 저녁노을처럼, 어린애처럼."

"그렇군. 너 많이 지쳤나 보다. 어른으로 사는 데 말이야. 난 이렇게 너를 사랑하는데, 그래도 역시 질투가 있는 관계고 돈도 얽혀 있으니까."

"그래, 그 말이 맞아. 그 여자하고 있으면 즐거워. 묘한 인연이지."

그런 대화를 듣고 있는 나는 어쩌면 좋을까.

가에데는 귀엽고 어린애 같고 순수했다.

나는 얼굴을 붉히고 넘치는 눈물을 참았다.

이제 그만 하자, 이런 짓. 벽에다 귀를 대고 남의 정사를 엿듣다니. 이런 비참하고 너저분한 짓은. 가에데는 나를 잘 이해하고 있고, 약간의 착각은 있어도 근본적인 것은 통한다. 이 밤하늘 아래 똑같은 기분으로 두 생명이 존재한다. 그리고 가타오카 씨 역시 가에데가 좋아하는 사람인 만큼, 머리가 좋으니까 전체를 파악하고 이미 판단하고 있다. 표현은 그렇게 얄밉게 하지만.

그런데 왜 나만 이렇게 색스러운 아줌마 가정부처럼 벽에 귀를 대고 있는 것인가. 여자라서? 한심하다. 모든 것이 사실은 알고 있는데 제대로 표현하지 못하는 내 탓이다.

나는 살며시 벽에서 귀를 떼고 살금살금 침대로 걸어갔다. 내 안에 고요한 자신감이 샘솟았다. 놓쳐서는 안 된다, 저 사람을. 내 일을 위해서라도.

우리는 그냥 언제까지나 여름방학을 즐기는 어린애로 지내면 된다.

빛 속에서 실컷 놀다가, 육체가 쇠하면 죽는다. 그러면 된다.

나는 침대 속에서 맑은 기분으로 눈을 감았다.

그런데 둘의 말다툼은 전혀 끝날 기미가 없었다. 그리고 마침내 나에 대한 이야기에서 벗어나, 아무래도 별 상관없는 일과 생활 방식과 전의 어시스턴트가 있었을 때 쌓인 불만에 이르렀다.

너무 시끄러워서, 나는 결국 차를 들고 가 방문을 두드렸다.

"이제 그만들 해요. 시끄러워서 잘 수가 없잖아요. 내일은 아침 일찍부터 일해야 한다고요! 그리고 난 가에데 같은 사람 조금도 좋아하지 않아요! 자의식만 강해 가지고는!"

그렇게 말한 뒤 찻잔을 테이블에 탁 내려놓고 둘의 입을 꾹 다물게 해 놓고는 돌아와 잤다. 차의 힘으로 두 사람의 마음이 가라앉았으리라고 생각한다.

* * *

"있지, 시즈쿠이시의 할머니는 왜 선인장을 좋아하게 되었는데?"

가에데가 뜬금없이 물었다.

다음 날 아침, 가타오카 씨가 홍차만 마시고 휑하니 돌아간 후 손님 셋과 상담을 하고서 겨우 점심을 먹고 난 때였다. 점심은 동네 빵가게에서 사 온 맛있는 영국 빵이었다. 커피를 끓이다 말고 나는 대답했다.

"얘기가 좀 길어지는데."

"괜찮아."

"그 오두막집 부엌 창가에 커다란 선인장 화분이 하나 있었어요. 용신목이라는 종류였는데, 키가 내 어깨까지 올 만큼 컸죠. 할머니는 아주 특별한 때만 그 선인장의 살점을 한 조각 떼어 내거나 수액을 채취해서 차를 만들었어요. 그래서 어느 날, 지금 가에데가 물은 것처럼 물어봤죠. 왜 그 선인장이 할머니에게 특별한지."

"음, 그 선인장이 보이는군. 유리창에 때가 끼어서 마치 우윳빛 유리 같고, 거기에 햇살이 환하게 비치는데, 그 옆에는 너저분하게 무슨 빨래 같은 게 걸려 있어."

가에데는 눈을 감고 그렇게 말했다.

"좀 불쾌하지만 맞으니까 용서할게요. 거기에다 늘 빨래를 널었어요. 햇볕이 잘 들어서. 할머니는 할아버지가 너무 공을 들이는 게 샘이 나서 옛날에는 선인장을 별로 좋아하지 않았대요. 그러니까 그 선인장 원래는 할아버지 서재에 있었던 거예요. 할머니는 할아버지가 돌아가실 때까지, 자신이 실은 할아버지를 아주 좋아한다는 것을 몰랐나 봐요. 하기야 할아버지는 도시를 좋아했고, 할머니는 원래 산에서 자랐으니까 늘 산으로 돌아가고 싶어 했거든. 할아버지가 돌아가셨을 때, 할머니는 이제야 산으로 돌아갈 수 있게 되었구나 하고 생각했대요."

"좀 심했다."

"그래도 정말 그렇게 생각했었나 봐요. 무슨 얘기를 하다가도 그 얘기만 나오면 항상 표정이 환해졌으니까. 할머니에게 도시에서 살라고 하는 것은, 드넓은 바다가 아니면 살 수 없는 고래를 좁다란 수족관에서 키우는 거나 다름없었나 봐. 그래서 할아버지가 돌아가시고 사십구재를 지낸 후에는 정말 얼이 빠져나간 사람처럼 몸져눕게 되었대요. 아무것도 먹지 못하고 잠도 제대로 못 잔 탓에 몸이 쇠약해져 거의 죽을 지경이었나 봐요. 우리 할머니 정말 그런 면이 있거든. 뭐가 어떻다고 생각하고 마음먹으면 몸도 따라서 그렇게 돼요. 그래서 즐거웠던 할아버지와의 생활이 다 끝나 버린 것을 날마다 아쉬워하고 슬퍼했대요. 그나마 집안에 할아버지의 흔적이 남아 있는 것을 다행으로 여기고, 아무튼 할아버지가 있었던 때의 공기를 흩뜨리지 않으려고 움직이지도 않고 먹지도 않고 죽고 싶다는 생각만 했다는 거예요. 그런데 우리 할머니, 산에서 차를 만들어 팔기 전부터 사람들에게 상담을 해 주는 일이 많았고, 자살을 미연에 막은 일도 있었대요. 그래서 자살만큼은 절대 하지 말자고 다짐했기 때문에, 그렇게 천천히 죽음에 다가갈 수밖에 없었대요. 그러던 어느 날 밤……."

"알겠다! 선인장이 말을 걸었지?"

"이 얘기의 절정 부분인데, 그렇게 먼저 알아 버리면 어떡해요!"

"아, 미안 미안."

"아, 얘기하기 싫다. 가에데가 말해 봐요."

"무슨 소리야, 내가 뭘 안다고."

"알았어요. 그럼 계속할 테니까, 괜히 끼어들지 말아요."

"알았어."

"그래서 할머니가 한밤중에 눈을 떴더니……."

"그렇다고 금방 또 얘기를 시작하는 게 여자의 특징이라니까."

"뭐야, 대체. 시비 거는 거예요? 나 정말 말 안 할래."

"아니 아니, 됐어. 됐으니까 계속해. 나 듣고 싶어."

"그게 좀 웃기는 얘기지만, 온몸이 초록색으로 빛나는 사람이 할머니 머리맡에 서 있더래요."

"와."

"그리고 할머니 어깨에 손을 얹더래요. 그래서 할머니는 드디어 저승사자가 데리러 왔구나 하고, 모든 것을 체념하고 말을 걸어 보았대요. '나도 할아버지가 간 곳으로 갈 수 있을까요?' 하고 말이에요."

"네 멋대로 각색하는 거 아냐? 너희 할머니 맞나 싶어지잖아."

"그럴지도 모르죠. 분위기를 약간 동화풍으로 꾸며 봤는데, 사실은 '당신, 나를 어디로 데려갈 거지?' 하고 물었다나 봐요."

"뉘앙스가 전혀 다르잖아."

"하지만 할머니 생각에는 이러나저러나 다 똑같았어요."

"이해가 간다."

"그랬더니 그 사람 눈도 없는데 할머니를 가만히 쳐다보더니, 아주 부드럽게 쳐다보더니 할아버지 서재 쪽으로 사라져 버렸대요."

"음."

마음이 착한 가에데는 벌써 눈물을 글썽거렸다. 나는 귀여운 내 자식에게 동화를 읽어 주는 기분이었다. 할머니에게서 몇 번이나 거푸 들은 그 이야기를 나는 옛날이야기의 모델처럼 여기고 있었기 때문이다.

"할머니는 맨발에 며칠이나 갈아입지 않아 꾀죄죄한 잠옷을 입은 채로 할아버지 서재로 들어갔어요. 어둠 속에서 할아버지 냄새가 났어요. 할머니는 눈물을 흘리면서 불을 켰대요. 그러고는 소스라치게 놀란 거야. 용신목에 꽃이 활짝 피어 있었던 거죠. 십오 년 동안 한 번도 피지 않았는데, 세 송이인지 네 송이인지 할머니 얼굴만큼 커다란 새

하얀 꽃이 여기저기 피어 있었다는 거예요. 새하얀 꽃술이 불빛에 반짝거리고, 달짝지근한 향기까지 풍기더래요. 그래서 할머니는 금방 기운을 되찾았다는 거예요. 그리고 살겠다는 결의를 다지고 당장에 메밀국수를 만들어 먹었대요. 그러고는 지금까지 펄펄하게 살아 있어요."

"왜 하필 메밀국수야?"

"할아버지가 좋아하셨대요. 영정 앞에도 항상 메밀국수를 올려놓았다던데."

"그랬구나. 선인장과도 그때 이어진 거로구나. 한번 이어지면 식물은 절대 배신하지 않으니까, 인간하고 달라서 말이야."

"할머니를 위로하기 위해 꽃을 피워 준 걸 거예요."

"그렇겠지. 그런 일이 실제로 있지. 할아버지가 부탁했는지도 모르고."

"온갖 것들이 다 이어져 있네."

"그걸 밝혀내는 게 내 일이야."

"그 용신목 지금도 우리 집에 있어요. 할머니가 가면서 포기나누기를 해 주었거든. 그리고 할머니가 가져간 것은 몰타 섬에 뿌리를 내리고 잘 자라고 있나 봐요."

"그랬구나."

가에데가 잠시 침묵했다.

그러고는 묘한 표정을 지었다. 보고 싶은 것이 보이지 않아 답답하다는 표정이었다. 그리고 고개를 몇 번 저었다. 그것 역시 가에데가 뭔가가 보이지 않는다고 느낄 때의 버릇이다.

"왜요?"

"지금 뭐가 느껴질 듯한데, 잘 모르겠어. 아무튼 선인장에 무지 관심이 간다. 내일, 시즈쿠이시의 소중한 선인장들 좀 가져와 볼래? 선인장이 하는 말을 과연 알아들을 수 있을지 궁금하다. 내가 사다 놓고 인연을 만들어 나갈 수도 있지만, 시즈쿠이시의 선인장은 마음이 닫혀 있지 않을 테니까 말이야."

"그야 물론이죠, 기꺼이!"

내가 오래도록 귀여워한 선인장들이 가에데를 만난다는 생각만 해도 너무 기뻐서 마음이 빛나는 느낌이었다.

"그래도 여행 전인데 괜찮아요, 새 일거리 벌여도?"

"괜찮아. 시간이 있으니까 하고 싶다는 생각이 드는 거야. 그런데 하지 않으면 시간의 노예가 되고 말지. 하고 싶을 때 재빨리 손을 내밀지 않으면 손이 닿지 않는 일도 있고. 그리고 왜인지는 모르겠지만, 지금 선인장이 나와 교류를 해도 좋을 것 같다는 생각이 들어. 우리 집 거실에 있는 모습이 어렴풋이 떠올랐어. 이런 때는 참 신기하지, 아무리 품이 많이 들어도 저절로 일이 그렇게 진행되니까 말이야. 시간이란 것도 정말 대단해. 마음대로 늘어나고 줄어들고, 자유자재야. 인간의 마음이 대단한 것인지도 모르겠지만. 그렇게 새로운 시도가 눈에 보이고, 퍼즐을 맞추듯 많은 것들을 알게 될 때, 나는 내가 세상에 살아 있다는 걸 느껴. 시즈쿠이시가 산속에서 별이 총총한 하늘을 올려다봤을 때처럼 말이야."

가에데는 환한 얼굴로 싱긋 웃었다.

그 웃는 얼굴의 따스함이 창문을 넘어 마당의 햇살과 금빛으로 어우러지는 듯했다. 금빛 테를 두른 웃는 그의 얼굴의 잔상이 내 마음에 강렬하고도 달콤하게 남았다.

* * *

다음 날 나는 햇살이 비치는 싸늘한 방 창가에서 선인장을 골랐다.

왜 이렇게 열심히 고르는지 알 수 없을 정도로 열심히 골랐다. 시즈쿠이시라는 선인장도 소중하고, 신이치로 씨가 키운 하얀 털이 보송보송 난 무슨무슨 옹이란 이름의 할아버지 같은 선인장도 소중하고, 물론 할머니가 포기나누기를 해 준 용신목도 보여 주고 싶고, 내가 처음 살점을 살짝 떼어 내 차를 만든 오우옥도 중요하고, 용설란도 쉬 볼 수 있는 것은 아니고.

산이 생각났다. 밤공기에 식물의 냄새가 섞여 있을 때면 나는 늘 산이 그리워진다. 하늘을 올려다보아도 별이 그저 군데군데에서 희미하게 빛날 뿐, 산에서처럼 짙은 느낌은 찾아오지 않는다. 그 어떤 남녀의 관능보다도 농밀한 벌꿀 같은 생명의 여운이 도시에서는 묽게 희석되어 설탕물처럼 되어 버리고 만다. 하지만 그 설탕물의 냄새라도 맡으면, 저 싱그럽고 기운찬 신비감이 되살아난다. 나는 그 안에서 헤엄치듯 잠겨 자랐으니까.

그동안 옆방에서는 쉬지 않고 말싸움을 하는 소리가 들렸다. 쉬는 날인 내일은 반드시 부동산에 가 봐야겠다고 결심했다.

옆집 베란다에는 여전히 썩은 냄새가 풀풀 피어오를 듯 너저분한 것들이 쌓여 있다. 바람직한 생활의 흔적이 아니라 그저 비바람을 맞아 더러운 것들일 뿐이다. 그 냄새를 맡고 있는 식물들이 안타까워하는 것이리라. 옆집에 그 사람들이 이사 온 후로 경계에 놓여 있는 거대한 알로에가 고통스러웠는지 부쩍 키가 크고 가시도 커졌다.

게다가 옆집 사람들은 햇볕이 들지 않느니 어쩌니 하면서 마당에 있는 조그만 감나무를 제멋대로 베어 버리고 말

앉다. 집주인은 옥신각신하기가 싫어 그냥 넘어갔지만, 그 감나무를 사랑했던 나는 한참을 울었다. 자신보다 오래 살아온 나무를 왜 베어 버린 것일까. 나무는 원망 하나 하지 않고, 또 어딘가에서 다른 나무로 꽃을 피우고 열매를 맺고 영원한 생명을 빚는다. 하지만 나무를 벤 사람에게는 알아듣도록 설득도 부탁도 하지 않은 채 한 생명을 빼앗았다는 그림자가 평생을 따라다닌다. 자신이 의식하지 않더라도 따라다닌다. 생명의 법칙이란 그렇다.

그날 밤, 이렇게 불쾌한 일도 며칠만 참으면 그만이라 생각하면서 가에데에게 빌려 줄 선인장을 열심히 골랐다.

선인장은 모두 예쁘장하고 부드럽게 빛났다. 물기를 담뿍 머금고 빛 속에 가지런히 줄 서서 반짝이는 선인장들을 보고 있었더니, 왠지 눈물이 나왔다. 지금까지 늘 함께 있어 줘서 고마워. 나는 인간에게 말하듯 그렇게 말했다. 지금 여기에 확고하게 있는 생명과 교류하고 있다, 그렇게 생각되었다.

* * *

"자, 잔뜩 가져왔어요!"

가에데는 깜짝 놀랐다.

"예상은 했지만……."

"이것도 예쁘고 저것도 예쁘고, 어느 하나만 고를 수가 있어야지."

나는 웃었다.

아침에 술집에서 상자 모양 수레를 빌려, 선인장 화분 열두 개를 싣고 가에데의 집까지 밀면서 휘이휘이 걸어왔다. 생각하고 고르고, 고르고 생각하면서 거의 밤을 새웠다. 빼곡하게 수레에 오른 선인장들은 반짝반짝 생기발랄하게 오전의 햇살에 빛났다.

"야, 갑자기 집이 선인장 가든이 된 것 같다."

가에데도 웃었다. 그는 잠옷 차림으로 싱글거리며 손사래를 쳤다.

"그럼 오늘은 요놈들하고 교류를 하며 지내야겠군. 잘 쉬어!"

"너무 많이 가지고 와서 미안해요. 그럼 휴일 잘 지내요."

나도 웃으면서 현관을 나왔다.

이때의 행복한 이미지를 나는 오래도록 두고두고 마음에 간직하리라.

이제 곧 끝날 흔하디흔한 일상의 풍경 속에, 꽃처럼 가녀리게 핀 애틋함이 엷게 어렸다. 우리 둘은 환하게 웃는 얼굴로 서로에게 손을 흔들었다. 가에데의 잠옷 단추에 투명하고 눈부신 아침 햇살이 반사되어 벽에 꽃무늬를 그렸다.

* * *

 수레를 돌려주러 간 김에 술집 부부와 점심을 함께 먹었다. 텔레비전을 보면서, 서로에게 만두를 양보하기도 하는 한가로운 식사였다. 그리고 내가 답례 삼아 사 들고 온 케이크를 셋이 나눠 먹자, 모두들 배가 한껏 불렀다.
 바람직한 휴일을 보내고 있다.
 나는 그 길로 부동산에 갔다. 역 앞에 있는 규모가 큰 부동산이었다. 베란다가 넓거나 마당이 있는 집을 조건으로 내세웠다. 내가 너무 열심이라 부동산 아저씨도 덩달아 열심히 찾아 주었다. 물건을 십여 개로 좁히고 차례차례 전화를 걸어 보고는 그 가운데 여섯 개를 직접 보러 갔다.
 갖가지 방에 사는 광경을 머리로 그리다 보니 둘 다 머리가 이상해졌다. 어디든 결정하기에 조금씩 부족한 부분이 있었다.
 "여기에다 텔레비전을 놓으면 서랍장은요?"
 "이 공간에 우리 세탁기를 과연 놓을 수 있을지, 그리고 빨래는 어디다 널죠? 이 창문은 북향이네요."
 "이렇게 조그만 신발장은 차라리 없는 게 낫겠어요."

이렇게 머리를 맞대고 온갖 얘기를 하다 보니, 그 아저씨와 함께 사는 듯한 착각이 들었다.

"나도 아가씨하고 같이 살 집을 찾는, 그런 흐뭇한 꿈을 꾼 것 같군. 덕분에 오늘 하루가 즐거웠어."

아저씨도 그렇게 말하고 웃으면서 좋은 물건이 나오면 바로 연락하겠노라고 했다. 나는 도면 몇 장을 들고 부동산에서 나왔다.

밀려오는 어둠과 함께 사방에 밤이 내렸다. 춥고 싸늘한 밤이 소리 없이 찾아오고 있다.

당장이라도 이사를 하고 싶어 집이 정해지면 지금 주인에게 전화를 걸 생각까지 했는데, 나는 맥이 쭉 풀리고 말았다.

어슬렁어슬렁 걸어 저녁 반찬거리라도 사려고 슈퍼에 들렀더니, 신이치로 씨에게서 전화가 왔다.

휴대전화의 액정 화면에 '신이치로 씨'라는 글자가 뜨면 나는 그저 기뻐서, 밤길을 가다가 불 켜진 집을 본 것 같은 기분이 든다. 신이치로 씨의 잠든 얼굴과 숨소리가 떠오르고, 어서 만나고 싶어진다. 그 몸을 만지고 싶고, 목소리가 듣고 싶어진다. 어깨에 얼굴을 묻고, 그 차분한 냄새를 맡고 싶어진다.

그런 기분이 드는 까닭은 그가 단 한 번도 내게 언성을

안드로메다 하이츠 113

높이거나 불쾌하게 군 적이 없기 때문이기도 하다. 그의 이미지는 늘 처음 만났을 때처럼 기우는 저녁 해로 엷게 테가 둘러져 있고, 식물을 배경으로 하고 있고, 부드럽다.

"잘 지냈어? 이사하려고, 오늘 여기저기 둘러봤어."

"그랬어? 오늘은 여기 선인장들이 어째 외로워하는 것 같아서. 좀 슬퍼 보이기도 하고. 그래서 당신이 마음에 걸려 전화해 본 거야."

우리 둘의 대화는 다른 사람들에게는 머리가 좀 이상한 사람들의 허튼소리로 들리겠지만, 진지하게 그런 세계에 살고 있고 그것을 공통분모로 세상을 떠나 서로에게 의지하기에 심각하기만 하다.

"정말?"

"응. 왠지 착 가라앉은 느낌이라서. 목소리라도 들으려고."

"집 찾느라고 좀 피곤해서. 그래서 그런지도 모르겠다. 아무 성과도 없었으니까."

"그렇군. 이사를 하고 싶은 마음이 굴뚝같은데 마땅한 집이 안 나서면 초조해지니까."

"응. 그래도 기운은 넘쳐. 월급 받아서 좀 풍성해졌으니까 조만간 갈게."

"그래. 고마워. 또 날짜 정해서 만나. 지금 밖이지?"

"응. 소리가 들려?"

"들려. 차 소린지 무슨 소린지."

그와 얘기를 나누면 말과 말 사이에서 늘 달콤한 향내가 난다. 조그맣고 보드랍고 포근한 것을 둘 사이에 두고 깨지지 않게 살며시 감싸고 있다.

"그럼 달력 보면서 다시 얘기해야겠네."

"밤에 전화할게."

그렇게 전화를 끊었다.

그때 이미 좀 이상한 느낌이 있었다.

밤에 내 방에서 신이치로 씨와 전화로 얘기하는 장면이 도무지 떠오르지 않았다. 왜 늘 같은 방바닥에 앉아 있는 내 모습을 상상할 수 없는지 모를 일이었다. 다만 그런 장면이 영 떠오르지 않았다. 어, 왜 이러지? 하고 나는 생각했다. 그리고 어느 틈에 허전하고 쓸쓸한 밤의 냄새가 내 마음속으로 파고 들어와 있었다. 끔찍하게 좋아하는 사람의 목소리를 들었는데, 어떻게 그럴 수가 있는지.

우리 집 선인장도 외로워하고 몸을 파르르 떨고 그럴까, 하고 생각하면서 나는 터벅터벅 집으로 돌아갔다.

이제 드디어 완벽한 밤이 내려오려는 그 시각, 나는 저만치 아파트가 보이는 모퉁이를 돌았다. 그전부터 내내 이상한 냄새가 났다. 갖가지 것들이 불타다 눌어붙은 냄새였

안드로메다 하이츠

다. 그 냄새와 함께 불길한 예감이 가슴을 조여 왔다.

그리고 시끌시끌한 소리가 들렸다. 벽에 어른거리는 다양한 불빛도 보였다. 이상하네, 무슨 일이 생겼나, 하고 생각하면서 모퉁이를 돈 나는 눈앞이 캄캄해지고 말았다.

아파트가 없었다.

소방차와 경찰차, 소방수들, 경찰관과 주인집 사람이 보였다. 그리고 몰려든 구경꾼들이 지금 막 돌아가려 하고 있었다. 건물은 일그러진 틀과 방 일부만 남겨 놓고 검게 그을린 오브제가 되어 있었다. 그리고 타고 남은 온갖 것들이 시커멓게 그을린 채 이리저리 널리고 쌓여 있었다.

아아! 내 선인장, 내 형제들!

나는 비틀비틀 내 집이 있었던 곳으로 다가가 풀썩 주저앉았다. 무참하게 타서 검게 눌어붙은 것, 간신히 불길을 피해 검댕만 묻은 것, 그리고 절반만 남아 있는 것. 원래 재산이 없는 나는 다른 것은 아무래도 좋았다. 나는 선인장 하나하나를 손에 들어 생사를 확인했다.

"저 사람, 우리 아파트에 세든 사람 맞아요. 잠시 그냥 저렇게 가만 놔두세요."

뒤에서 주인집 사람이 그렇게 말하는 소리가 아득히 멀고 희미하게 들렸다. 아무튼 나는 남아 있는 것들을 한군데로 끌어 모았다.

그런 다음 비틀비틀 일어났다. 아파트가 없어진 휑한 땅은 넓었다. 하늘도 크게 보였다. 울음을 터뜨리면서 나는 주인집 아주머니를 껴안았다.

"이게 대체 무슨 변이에요."

"글쎄 말이야. 옆집 부인이 남편을 죽이고, 시신을 태우려고 불을 지른 모양이야. 마약을 했는지, 아까 경찰이 데리고 갔는데, 뭐라고 알지 못할 소리를 지르면서 얼마나 발악을 하는지, 손을 댈 수가 없었어."

"어떻게 그럴 수가. 불을 지르려면 동네 저 끄트머리에나 가서 할 것이지……."

"아무튼 보험이니 뭐니, 모든 게 정해지면 연락을 할 테니까."

그리고 아파트의 다른 집 사람들이 모두 무사하다는 소리를 듣고 안도했다. 지금 이 아파트에는 태어난 지 얼마 안 된 갓난아기, 할아버지 등 다양한 사람들이 살고 있기 때문이다. 나는 선인장 생각만 했던 자신이 부끄러워 겨우 정신을 차리고 사람들과 얘기를 나누었다.

이런 때, 세상에서 하는 얘기들은 늘 비슷하다.

한 명 두 명 모여든 아파트 주민들이 충격을 이기지 못하고 세상 얘기를 천천히 늘어놓았다. 하지만 그런 얘기나 하염없이 늘어놓아 봐야 아무 소용 없다는 것은 명백하니까, 모두들 이리저리 전화를 걸고 당장 어떻게 대처하면 좋을지 생각하기 시작했다.

아무리 싫어하던 사람이라도 죽음은 안된 일이다. 하지만 선인장들의 죽음과 인간의 죽음 가운데 어느 쪽이 더 무거운지, 솔직히 나는 알 수 없었다. 선인장과 알로에 들은 자신의 몸을 깎아 사람들의 병을 치유했는데, 그 부부는 독을 뿌렸을 뿐이다. 나는 그 남자가 탄 냄새를 내 코로 맡아야 한다는 것조차 싫었다.

그런 생각을 하면서 그 부부의 방이 있던 언저리를 물끄러미 쳐다보는데, 검은 사람 그림자가 보였다. 반투명한 그림자가 때로 회색으로 변하면서 어정거리고 있었다.

신기한 일이지만, 나는 놀라지 않았다. 그저 참 안됐다 싶은 기분이었다.

증오심보다, 자신의 반려에게 살해된 그 인생이 가여웠다. 게다가 죽어서까지 이상한 냄새를 풍기고 있었다. "죽어서도 냄새가 나네." 하고 나는 중얼거렸다. 타인의 일이지만 참으로 안된 인생이었다. 그런 데다 거듭날 절호의 기회인 죽음이란 순간에도 남에게 누만 끼쳤다. 이 세상에는 이렇게 허황한 일도 많다는 것을 두 눈으로 본 나는 그저 놀라울 뿐이었다.

"부디 성불하세요. 다음 세상에 태어나면 조금은 행복한 인생이 되기를. 불미한 혼이여, 편안히 잠들기를 기도합니다. 그리고 내 형제의 혼들아, 그 가여운 사람의 혼을 조금은 위로해 주렴. 많은 일을 해 줬는데, 저 할아버지 선인장처럼 백 년이라도 살 수 있었는데, 천수를 누리게 해 주지 못해 정말 미안하구나."

나는 그곳의 공기가 맑아지도록 기도했다.

그러자 정말, 멀리서 맑고 싱그러운 산바람이 살며시 불어와, 주위에서 여전히 와글와글하는 사람들 사이를 정화하듯 훑고 지나갔다. 그 그림자는 아직도 거기에 있었지만 더 이상 꺼림칙한 어정거림은 계속되지 않았다.

도시에서도 자연은 힘을 발휘한다. 넋을 잃고 있어 봐야 별 도움이 안 된다. 없어진 것들 모두가 가엾고 안쓰럽지만, 오늘 잘 곳조차 없는 사람들에 비하면 그나마 낫다. 보험에 들어 있으니까 얼마간 돈도 받을 테고, 오늘은 부동산에 가려고 지갑과 신용카드, 인감도장까지 다 챙겨 나왔다. 그리고 선인장들도······.

아, 그렇구나! 각별하게 사이 좋은 선인장은 모두 살아 있다. 지금 이 순간에도 가에데의 집 거실에서 건강하게 존재한다.

왜 굳이 어제 가져와 보라고 했는지, 나는 그때 비로소 알았다.

이것 때문이었다.

나는 가에데의 재능과 하늘의 처사에 경악하고 그 존재에 진심으로 감사했다. 그때 "어이, 시즈쿠이시!" 하고 부르는 가에데의 목소리가 들린 듯했다. 말도 안 되지, 밤에는 곁에 사람이 없으면 절대 밖에 나가지 않는 가에데가 이런 곳에 있을 리가 없지.

그런데 돌아보니, 선글라스를 끼고 지팡이를 짚은 가에데가 서 있었다. 집 안에서는 당당한 그가 밖에서는 왠지 어설프고 미덥지 못하고 작아 보였다. 그런데도 그때 내게는 그가 얼마나 듬직해 보였는지 모른다.

"가에데, 끔찍한 일이 생겼어요."

목소리는 떨렸지만 울지는 않았다. 울면 가에데의 아름다운 모습이 눈물에 가린다. 영화 같으면 가장 멋진 장면을, 그리고 어쩌면 내 인생에서도 최고라고 할 수 있는 멋진 장면을 놓치고 만다. 나는 입술을 깨물었다.

"이제 그만 여기를 떠나자. 짐 챙겼어?"

"응? 아, 기다려요. 금방 가지고 나올게."

나는 어슴푸레한 가로등 불빛 아래서 살아남은 선인장과 타지 않은 것들을 한 군데로 모으고, 다시 주변을 돌아보며 짐을 꾸렸다. 주인집 아주머니에게 연락하겠노라고 하고 전화번호를 물었다. 가에데가 "당분간 이 사람은 우리 집에 있을 겁니다." 하면서 자기 집 전화번호를 가르쳐 주는 장면에서는 어쩔 수 없이 눈물을 흘렸다.

고향 산에서 내려와 이 동네로 이사 온 지 그리 오래지 않은데, 나는 이미 외톨이가 아니었다.

"시신의 냄새를 맡고 말았어요. 그리고 그 사람, 아직 저기 있어요."

"보인다 보여. 나도 알아보겠어. 이제 됐으니까, 가자. 집에서 가타오카가 저녁 지어 놓고 기다리고 있어."

가에데가 내 짐을 받아 들고 말했다.

"선인장, 고마워요."

"나도 미래를 전부 볼 수 있는 건 아냐. 미안해, 도와주지 못해서. 정말 답답했어. 잘 안 보여서."

"그런데 어떻게 왔어요?"

"아무래도 꼭 가 봐야겠다 싶어서. 그런데 내 능력, 정작 필요할 때는 쓸모가 없군. 불이 날 거라는 걸 모르다니. 반성할게."

어둠 속에서, 가에데의 얼굴도 그 표정도 어두웠다. 마치 신나게 꾸중을 들은 어린애처럼.

"그래도 정말 고마워요. 가장 소중한 건 아무 탈 없이 남아 있잖아."

"그래. 그러니까 가자. 얼굴이 새까맣다. 짐은 내가 들

테니까 앞서."

가에데가 그렇게 말하고 내 어깨를 껴안았다.

"자, 가자. 어서 이곳을 떠나자."

나는 가에데의 가슴에 얼굴을 묻고 걸음을 내디뎠다. 앞도 보이지 않는 사람이 데리러 왔는데, 그 누구보다 믿음직스러웠다. 가에데의 가슴은 따스하고, 늘 쓰는 향수 냄새가 났다. 그리고 스웨터에서도 포근한 털실 냄새가 났다. 가에데의 심장이 규칙적으로 뛰었고, 내 마음도 점차 안정을 찾았다.

그제야 허둥지둥 달려온 술집 주인아저씨가 불타 버린 아파트에 충격을 감추지 못하면서도 나를 보고는 대뜸 손을 들어 브이 사인을 그렸다.

아저씨는, 그런 게 아니라니까.

나는 울던 얼굴에 미소를 짓고는 전화할게요, 하고 신호를 보냈다.

"아닌 밤중에 봉변이군. 언제든 밥 먹으러 와!"

아저씨가 큰 소리로 그렇게 말했다.

유령을 보고 나니 증오심은 사라졌다.

아니, 그보다 산에서 내려오기를 잘했다고 생각했다. 산에서 내려오지 않았다면 만나지 못했을 사람들의 따스함이 나를 넉넉하게 감싸고 있었다.

* * *

아아. 가타오카 씨가 저녁을 지어 놓고 기다리고 있다니, 또 얼마나 투덜거릴까. 나는 각오를 하고 검댕으로 얼룩진 고아 같은 표정으로 현관을 들어섰다. 그리고 가에가 가져다준 담요를 몸에 둘둘 감고 휘청휘청 걸어 거실 소파에 털썩 주저앉았다.

"여기 있어."

그런 소리가 들린 듯해서 고개를 들자, 거실 창문 앞에 내가 가장 아끼는 선인장들이 조르륵 앉아 있었다. 눈물이 나왔다. 다행이다, 다시 만나서 정말 다행이야. 그때, 잃어버린 것들의 크기가 절실하게 느껴졌다. 할머니가 몰타 섬에서 보내 준 건조 선인장과 할머니의 메일이 담겨 있는 내 조그만 컴퓨터, 산에서 찍은 사진과 어린 시절의 일기, 여기에 없는 선인장들.

하지만 가장 아끼는 선인장들은 창가에서 유유자적하게 밤의 유리창에 그 모습을 비추며 빛나고 있었다.

"어이, 너!"

앞치마를 두른 가타오카 씨가 들어오자 나는 깜짝 놀랐다.

"많이 놀랐지?"

그렇게 말하고는 정말 걱정했다는 표정으로 성큼성큼

걸어와 검댕이 잔뜩 묻은 내 머리를 쓱쓱 쓰다듬었다. 그 커다란 손이 따스하고, 뜻밖의 친절이 뭉클해서 나는 또 울고 말았다. 아아, 역시 이 사람은 남을 가르치고 인도하는 사람이었어, 남을 도와주는 사람이었어.

"그래 그래, 너는 아무 잘못도 없어. 운이 나빴을 뿐이지. 아이고, 이 꼴이 뭐야, 가엾게."

가타오카 씨는 갓난아기를 껴안듯 냄새나고 시커먼 나를 꼭 안아 주었다.

"보험이든 뭐든 다 내게 물어. 그리고 냄새나니까 얼른 목욕하고. 내가 구운 피자 먹자. 따끈따끈할 때 말이야."

가타오카 씨의 따스하게 울리는 목소리가 그의 가슴을 통해 들렸다.

나는 울면서 고개를 끄덕였다.

* * *

뜨거운 물로 목욕을 하고 났더니 생각했던 것보다 훨씬 가뿐해졌다. 배에서 꼬르륵 소리가 났다. 치즈가 뜨겁고 부드럽게 녹은 피자가 입에 착착 감기도록 맛있어서 신나게 먹었다. 나는 아직도 충격이 가시지 않아 다른 말은 할 수 없었지만, 맛있다, 고맙다는 말은 몇 번이나 했다. 적포

도주가 머리의 피로를 씻어 냈다. 조금밖에 마시지 않았는데 얼굴이 새빨개져 두 사람에게 걱정을 끼쳤다. 나는 점차 느긋해지고 가벼워졌다.

안 그래도 많지 않은 짐이 더 줄고, 늘 마음에 걸렸던 옆집 문제도 본의 아니게 해결되었다. 최악의 해결법이었지만, 아무튼 문제가 없어진 것이다.

안타까운 것은 선인장과, 벌써부터 조짐은 느끼고 있었는데 행동이 조금 늦었다는 점이었다.

아직 더 도를 닦아야겠군, 하고 나는 생각했다. 그런 결과를 본 가에데도 같은 생각을 했을 것이다. 그것은 남이 뭐라든 각자의 마음이 결정한 허들이다. 어쩔 수 없다. 더 높이 뛰어오르도록 하루하루를 사는 도리밖에 없다.

* * *

가타오카 씨에게 설거지를 시킬 수는 없어서 나는 부엌으로 갔다. 마음은 완전히 가라앉아 콧노래까지 나왔다. 뒤에서 가에데가 다가왔다.

"시즈쿠이시, 여기 살면서 집을 관리해, 한 일 년 동안. 늘 네가 자던 방 너에게 빌려 줄 테니까."

가에데가 말했다.

안드로메다 하이츠

"싫어요. 방 값 낼래."

"그런 건 안 내도 되니까 관리나 잘해. 가타오카 씨와도 다 의논했어."

"싫어하지 않았어요?"

"아니. 어려운 사람에게는 친절하니까, 그 사람. 네가 내가 두고 간 옷에다 코를 묻고 냄새를 맡거나 일기를 훔쳐보지만 않으면 괜찮대."

"치, 그런 짓을 내가 왜 해요? 만약 내가 이 집에 신세를 지게 된다면, 내 방에서만 생활할 거야. 청소도 매일 하고, 우편물 정리도 하고 전화도 다 받을 테지만 냄새는 맡지 않을 거예요."

"그럼 됐네. 이제 보니까, 좀 기운이 난 것 같은데."

"응, 목욕하고 났더니 가뿐해졌어요."

"선인장, 참 안됐다."

"그래도 가에데 덕분에 여기 꽤 많이 남았잖아요. 그리고 무엇보다 같은 지붕 아래 사는 갓난아기하고 할아버지가 무사하다니까."

사람이 타는 냄새와 그 사람들의 악취는 평생 내 코에서 떠나지 않을 것이다. 몰랐던 것을 알게 되고 말았다. 이런 게 성장한다는 것일까.

"가에데가 없는 동안, 집 관리도 하고 방세도 낼 테니까, 나 이 집에 있게 해 주세요. 잘 부탁합니다. 내일 가타오카 씨에게도 고맙다고 할게요."

"응, 네가 있어 주면 안심하고 집을 비울 수 있지."

그렇게 말하고 가에데는 웃으면서 부엌을 나갔다.

지금까지 나를 구성하고 있던 것이, 아름다운 추억 말고는 모두 재가 되고 말았다. 산에서 내려온 후의 인생에서 한 장이 완전히 막을 내리고 말았다. 혼자 살면서 친해졌던 그 방도 이제는 이 세상에 없다. 그 방에서, 산에서 가져온 예쁜 헝겊 방석에 앉아 알로에 잎 너머로 바라보던 하늘도, 이제는 두 번 다시 볼 수 없다.

아무것도 없는 데서 다시 시작해야 하지만, 몸은 건강하게 여기에 있다.

제2의 인생이 오늘부터 진짜로 시작된다. 나는 그렇게 생각하고 안도감에 포근하게 감싸여 꾸벅꾸벅 졸기 시작했다.

조금 있다가 신이치로 씨에게 전화를 걸어서 다 얘기하고 깜짝 놀라게 해 주어야지. 엄청 놀라겠지. 깜짝 놀라는 그의 목소리를 자장가 삼아 잠을 청해야지. 오늘은 이제 그만, 아아 피곤하다.

그리고 내일 눈을 뜨면, 아침 햇살 속에서 새로운 장이 시작된다.

옮긴이 **김난주**

1987년 쇼와 여자대학에서 일본 근대문학 석사 학위를 취득했고, 이후 오오쓰마 여자대학과 도쿄 대학에서 일본 근대문학을 연구했다. 현재 대표적인 일본 문학 전문 번역가로 활동하며 다수의 일본 문학을 번역했다. 옮긴 책으로 요시모토 바나나의 『키친』, 『하드보일드 하드 럭』, 『하치의 마지막 연인』, 『암리타』, 『티티새』, 『불륜과 남미』, 『몸은 모든 것을 알고 있다』, 『허니문』, 『하얀 강 밤배』, 『슬픈 예감』, 『아르헨티나 할머니』, 『왕국』, 『해피 해피 스마일』, 『무지개』, 『데이지의 인생』, 『그녀에 대하여』 등과 『겐지 이야기』, 『모래의 여자』, 『가족 스케치』, 『훔치다 도망치다 타다』 등이 있다.

왕국 1
안드로메다 하이츠

1판 1쇄 펴냄 2008년 5월 30일
1판 4쇄 펴냄 2009년 11월 27일
2판 1쇄 펴냄 2011년 3월 4일
2판 2쇄 펴냄 2013년 9월 20일

지은이   요시모토 바나나
옮긴이   김난주
발행인   박근섭, 박상준
편집인   장은수
펴낸곳   **(주)민음사**

출판등록   1966. 5. 19. 제16-490호
주소   서울시 강남구 신사동 506 강남출판문화센터 5층 (135-887)
대표전화   515-2000 | 팩시밀리   515-2007
홈페이지   www.minumsa.com

한국어 판 ⓒ **(주)민음사**, 2008, 2011. Printed in Seoul, Korea

ISBN 978-89-374-8184-0 (04830)
ISBN 978-89-374-8183-3 (전3권)